De l'incertitude

Lettres tchèques
Collection dirigée par Maguy Albet

Déjà parus

Jakub ARBES, *Saint-Xavier*, 2004.

Hana SANEROVA

De l'incertitude

L'HARMATTAN

L'Harmattan
5-7, rue de l'École-Polytechnique
75005 Paris
FRANCE
L'Harmattan Hongrie
Kosuth L. u. 14-16
1053 Budapest
HONGRIE
L'Harmattan Italia
Via Degli Artisti, 15
10124 Torino
ITALIE

ISBN : 2-7475-7201-3
EAN : 9782747572019

En guise de prologue

Le "je" qui parle, est-ce moi? Certainement pas toujours. Et chaque fois différemment, jamais complètement. En écrivant, on devient un autre. Le devient-on? N'importe qui l'est toujours un peu. Ou plutôt on est toujours "plusieurs" et l'écriture ne fait que le dévoiler. Ecrire c'est ne pas savoir, s'interroger, essayer ... Ce n'est pas se montrer. Est-ce la recherche de l'identité? Ou la recherche du sens — de moi, de tout? On ne fait jamais rien d'autre. Comment savoir?... Pourtant il y a des moments où je sais; il me semble savoir... Ces moments disparaissent et ne disparaissent pas, une ombre en reste. Une ombre? Un miroitement? Il faut les capter, leur donner un nom. Ce qui est nommé devient tangible, presque stable. Mais c'est une illusion. Même les choses qui n'ont pas de nom existent, m'entourent, m'échappent. Je ne cesse pas de les chercher.

Je me trompe souvent, mais se tromper c'est déjà participer, s'engager, avoir la possibilité de faire mieux, d'aller... J'accepte.

Les événements et souvenirs racontés sont et ne sont pas vrais. Tout s'est réellement passé, se passe — aurait pu se passer — mais les détails sont différents. Je ne voudrais pas qu'on les identifie.

Dans certains cas je nomme des choses pour les écarter, pour qu'elles ne se réalisent pas...

Escaliers

Elle montait souvent l'escalier. Divers escaliers. C'est étrange, mais elle ne se souvient que rarement de descendre. Ou elle s'en souvient différemment. C'est comme si les escaliers par lesquels elle montait n'avaient rien de commun avec ceux par lesquels elle descendait.

Certains de ces escaliers sont particulièrement beaux, mais leur beauté s'accompagne d'une inquiétude qui est excitante, comme si l'on ne pouvait jamais savoir avec certitude ce qui se trouvait en haut, là où ils s'arrêteront. Et s'ils ne s'arrêtaient pas?...

Dans un passé très, très lointain — ou était-ce dans une autre vie? — elle montait par un escalier large, mal éclairé, ou plutôt éclairé d'une façon étrange par des lampes en formes de bougies qui faisaient penser à des églises baroques abandonnées, à des tableaux avec des saints torturés et à des statues qui commençaient à s'effriter. Les marches craquent sous ses pas. Les portraits accrochés au mur se détournent. Ils la regardent. Il y a un vieillard concupiscent aux yeux jaunes. Son visage est gras et satisfait, ses lèvres sont charnues et vulgaires. Il clappe de la langue. Sa moustache est luisante comme si elle portait encore des traces de salive. Il est fier de son uniforme, de sa chaîne d'or massif... Mais est-elle vraiment en or? Il l'attend pour lui dire quelque chose d'obscène. Pas vraiment dire... Elle accélère le pas. Le vieillard fait un geste invisible, il rit derrière son dos. Il ricane. Il se dit: "La prochaine fois, je t'aurai..." Et il retombe dans son immobilité, dans l'ombre humide et froide. Il redevient artificiel, non existant. Un morceau de peinture s'est décollé de son oreille gauche, en bas, la toile est endommagée. On l'a accrochée dans cet escalier, car personne ne voulait l'avoir dans le salon, puis, on l'avait oubliée. Le château a été vendu, les nouveaux propriétaires s'en sont allés... Personne ne sait qui a été ce général. Mais parfois, un brin de mélancolie se glisse dans son regard. Il sait qu'il n'existe plus, que tout a été vain, même ses prouesses et péchés.

Le portrait suivant est inoffensif, du moins à

première vue. C'est un prélat flegmatique et pompeux, il est lisse et solennel, peut-être n'était-il jamais rien d'autre qu'un portrait, fait par un peintre médiocre et obséquieux. Il fait semblant de ne pas s'intéresser à elle, mais il est hypocrite. Il veut lui montrer sa supériorité et la regarde avec mécontentement. Il y a quelque chose de vide dans ses yeux. Peut-être souffre-il de la maladie de Basedow.

Un tableau a été probablement enlevé. Il reste sur le mur un carré plus clair. Etait-il si abîmé qu'il faisait honte même à cet escalier mal éclairé où presque personne ne passe? Ou était-il au contraire beau et précieux — et on l'a mis à un endroit plus prestigieux? Elle pense plus souvent à ce carré non occupé qu'aux portraits accrochés. La toile représentait-elle un homme? Une femme? Probablement quelqu'un qui avait réellement vécu. Mais où se trouve-t-il?

Trois marches plus haut, elle croise le portrait d'une femme sévère et osseuse, habillée d'une robe somptueuse qui semble se détacher de son corps et exister à côté d'elle comme une carapace. Elle porte beaucoup de bijoux qui pèsent lourd, elle essaie de paraître insensible, mais sous un air hautain, elle cache son amertume. Elle est sûrement très riche, elle a apporté à son mari une dot importante, mais ce mari ne l'aimait pas. (L'avait-il épousée uniquement pour sa dot? Avait-il aimé une autre? Avait-il des maîtresses, des liaisons scandaleuses?) Personne ne l'aime et elle s'est habituée à n'aimer personne. Ses enfants meurent l'un après l'autre et ceux qui sont restés en vie sont quelque part ailleurs, elle ne sait où, ils ne s'intéressent pas à elle. Elle est effrayée, mais ne veut pas que les autres le sachent. Peut-être pense-t-elle aux flammes de l'enfer où tous les pécheurs seront brûlés. Sera-t-elle épargnée? Elle n'y croit pas. Le monde ne se compose que de pécheurs qui, tous, méritent l'enfer. Elle aussi. Mais qu'a-t-elle fait? Elle se répète les mots du *Notre Père*, sans comprendre leur sens. Elle fait semblant de ne pas regarder, de ne pas exister.

Un peu plus haut se trouve le portrait d'un adolescent, presque un enfant. Il a une tête grosse. Anémique, il caresse un grand chien et ne s'intéresse à rien d'autre, peut-être pas même à ce chien. Il est mort probablement très jeune et personne ne l'a regretté.

L'escalier s'arrête. Encore quelques pas et elle sera devant la porte de l'appartement qu'elle partage avec deux filles qui ne sont jamais à la maison. Il y a plusieurs pots de fleurs sur le palier. La vieille comtesse qui habite en face fête aujourd'hui son anniversaire et elle reçoit la visite de ses vieilles connaissances, ou plutôt des petits-fils et des arrière-, arrière-petits-fils de gens qui l'avaient jadis fréquentée. Tout le monde lui apporte des fleurs, sa gouvernante ne sait où les mettre. De vieux messieurs qui se déplacent difficilement en s'appuyant sur des cannes ornées d'or ou d'argent, essaient de s'incliner et de baiser la main de la comtesse qui sourit avec un air absent. Est-elle consciente de ce qui l'entoure? Il y a quelque chose d'irréel dans cet anniversaire. Elle est si vieille qu'elle est déjà sans âge. Elle ressemble à une statue grise et délabrée. Quand elle fait un geste d'une main osseuse, on a l'impression d'une marionnette mal ajustée. Quelquefois, elle s'immobilise et cesse d'exister, puis, elle se réveille et s'intéresse à tout. Elle regarde sa gouvernante, de quelques années sa cadette, comme une jeune fille qui a besoin d'être protégée.

La fête se termine. L'escalier craque sous les pas incertains des invités. La comtesse est fatiguée et s'endort.

Un autre escalier fait penser à une dentelle ou à une toile d'araignée. Il est presque vertical, monte en colimaçon, semble accroché à quelque chose d'instable et peut à chaque instant s'effondrer ou s'éparpiller. Il faut grimper en s'appuyant sur une balustrade peu solide. Les gens ne peuvent pas s'y croiser. Celui qui est plus haut doit attendre sur le palier. Ils se saluent et se remercient, mais ils ne se connaissent pas. Elle ne voit que les chaussures de ceux qui la précèdent — et ces chaussures sont presque interchangeables. Quand elle se trouve enfin devant la porte de sa chambre, elle a le sentiment d'une victoire. Elle s'assoit dans un vieux fauteuil et attend un peu. La fenêtre attire la lune; un silence de velours, tiède, sentant la lavande, se pose sur les meubles.

Il y a aussi des escaliers durs, impersonnels, couverts d'angoisse. Ils sont gris, sales et raides, enfermés dans des murs hostiles, suintant de froid. Les gens montent et descendent, ils sont nombreux, elle a de la peine à se frayer un chemin entre eux, mais en même temps, ils sont comme s'ils n'existaient pas. Tout rappelle un théâtre de mauvais goût, agressif, factice et ennuyeux. Il faut se hâter pour arriver à temps dans un bureau où elle a été convoquée sans qu'elle sache exactement pourquoi, où elle doit régler quelque chose de désagréable et d'inutile ou solliciter quelque chose qu'elle n'obtiendra pas. Elle voudrait rebrousser chemin, mais elle continue à monter. Le plus lentement possible. Elle s'arrête, elle est essoufflée. Encore un moment... L'employé qui la recevra sera pompeux et autoritaire, il parlera indistinctement, elle ne le comprendra pas, il sera impatient. Ou il lui posera des questions auxquelles elle n'arrivera pas à répondre. Elle éprouve déjà ce qu'elle va éprouver dans deux minutes, dans cinq minutes, et se sent humiliée à l'avance. Mais elle sera certainement obligée d'attendre dans un couloir étouffant, avec des crachats sur le sol — et c'est pire encore. Cette attente lui paraît déjà insupportable.

Mais ces semi-sentiments, semi-conscience ne sont qu'une ruse. Ce qu'on s'imagine ne se réalise pas. Tout est toujours différent. Il suffit d'y penser intensément pour détourner le sort. Mais elle n'en est pas sûre. L'escalier monte comme s'il ne devait pas se terminer.

Elle a souvent peur sans qu'elle sache pourquoi. Quand elle était enfant, elle essayait de surmonter cette peur en restant seule dans une pièce non éclairée, sous le toit, chez sa grand-mère. C'était une sorte de débarras, plutôt un coin de grenier qu'une vraie pièce. Quelques toiles d'araignée y flottaient, des objets indéfinissables et menaçants y étaient entassés, inertes, mais capables de se ranimer à chaque instant, la toucher, lui chuchoter des mots incompréhensibles. Des voix retentissaient de la cuisine au rez-de-chaussée, mais elles étaient irréelles comme si elles arrivaient d'un endroit qui n'existait pas, comme si elles n'avaient rien de commun avec elle. Un vide gluant l'envahissait. Elle avait froid, mais une vague chaude montait jusqu'à ses yeux. Quelque chose a grincé... Encore un moment et elle va être engloutie, écrasée. Elle n'ose pas respirer. Puis sa tante l'a appelée. Elle s'est précipitée dans la cuisine et s'est sentie sauvée.

Ou elle s'est proposée pour aller apporter du lait de la cave. Elle descendait par des marches glissantes et suintantes. Ce n'était pas un escalier, c'était un trou, un morceau de l'abîme où pourrait arriver n'importe quoi. L'odeur âcre de pommes de terre lui piquait les narines. Une souris a piaulé devant elle, mais ce n'était peut-être pas une souris, elle ne l'a pas vue, le bruit pouvait venir de n'importe quoi. Pour s'orienter elle devrait toucher le mur, mais elle n'osait pas s'en approcher. Peut-être des choses immondes y étaient-elles accrochées, des araignées, des oiseaux morts, des mille-pattes...

Ou elle sortait le soir dans le jardin où les branches de pommiers et de cerisiers se métamorphosaient en squelettes et tentaient de l'attraper.

Elle a fait plusieurs prouesses par peur, pour se montrer qu'elle n'avait pas peur. Il suffit de retenir le souffle et se dire... Mais elle ne savait jamais exactement ce qu'elle devait se dire.

Le souvenir de la peur d'autrefois l'accompagne. Il est toujours derrière elle, mais il n'émerge qu'à certains moments. Comme maintenant quand elle attend quelque chose de désagréable. Le sale escalier administratif s'adoucit un peu par ce souvenir. Il ne s'agit d'ailleurs pas d'un vrai souvenir, plutôt d'une vague conscience, de quelque chose d'insaisissable. Tout a déjà été, il n'y a pas de réel danger, on peut supporter tout, ou presque... L'escalier devient anodin, elle est déjà ailleurs.

Parfois, elle a l'impression de se promener nue. Tout le monde peut la voir, la juger, se moquer d'elle. C'est évidemment une erreur. Comment peut-on la voir, la juger si elle ne se voit pas elle-même? C'est alors qu'elle aime le plus les escaliers, n'importe quels escaliers... Elle monte; impossible de la regarder, on ne peut pas la voir tout entière, des pieds à la tête. Elle n'apparaît que par morceaux qui se déplacent, dans une perspective qui échappe. Elle entend des pas derrière elle, mais personne ne peut l'attraper. Monter, c'est déjà être ailleurs. Mais même ce sentiment n'est pas tout à fait vrai.

Tout cela est déjà très loin. A présent, elle habite dans une maison avec ascenseur. Les gens ne se rencontrent pas, ou s'ils se croisent par hasard, ils ne se voient pas. Peut-être la plupart d'entre eux déménagent-ils constamment; elle n'a pas le temps de les connaître. Tout le monde semble toujours s'en aller, être quelque part ailleurs. On devient différemment seul.

Elle n'a plus peur d'une cave noire ou d'un grenier qui grince. Elle n'a probablement même pas peur des gens. Du moins elle en est persuadée. Que peuvent-ils faire? Pourtant une angoisse persiste. Elle ne saurait la définir. D'ailleurs cette angoisse s'estompe parfois, on peut presque l'oublier. C'est plutôt un sentiment de ne pas avoir fait... Mais elle ne sait pas ce qu'elle aurait dû faire.

Là où je n'ai rien à faire

C'est un sentiment bizarre que j'éprouve depuis ma petite enfance. Je ne l'éprouve pas toujours, pas même souvent, il est plutôt exceptionnel, et ne me complique pas démesurément la vie. A vrai dire, il ne me la complique presque pas. Peut-être m'y suis-je accoutumée — ou ce sentiment s'est-il un peu estompé avec le temps. Beaucoup de gens sont probablement dans la même situation et la vivent avec plus de tristesse et de révolte que moi.

En été, j'ai passé souvent quelques jours chez ma grand-mère qui habitait chez son fils aîné, mon oncle, dans un village à une quinzaine de kilomètres de notre ville. C'était un village assez primitif, pittoresque — et je ne savais si je devais me réjouir de ces séjours ou si je devais les craindre. Il n'entrait d'ailleurs pas en jeu de m'opposer à la volonté de mes parents et j'acceptais alors tant bien que mal ce qu'ils avaient décidé pour moi.

La femme de mon oncle n'aimait pas ma mère; elle était mécontente de nos visites, mes séjours prolongés chez elle la gênaient et elle ne le cachait pas. Mais je n'y pouvais rien. Au début, je pensais que c'était à cause des dépenses supplémentaires que mon séjour chez eux entraînait, puis, j'ai découvert que c'était encore une autre chose, ou même plusieurs choses obscures que je ne saurais jamais bien comprendre. (Peut-être était-elle toujours mécontente, par conviction, par habitude...)

Etait-elle jalouse de notre “vie facile” et de notre “confort” en ville? Nous avions l'eau courante dans l'appartement, et même une salle de bains, qu'il était, certes, assez difficile de mettre en service et que nous n'utilisions qu'une fois par semaine, mais qui pourtant représentait un luxe inouï, tandis qu'elle devait apporter de l'eau de la fontaine publique qui se trouvait à deux cents mètres de la maison, et ses toilettes se trouvaient au bout du jardin. Pour se laver, je pense qu'ils devaient faire chauffer de l'eau dans une grande marmite et puis la verser dans un cuveau difforme de zinc que j'ai trouvé un jour dans la grange et dont ma grand-mère ne pouvait pas m'expliquer l'utilité. Mais en réalité, je ne savais pas comment ils prenaient un bain et ce n'est que plus tard que je m'en suis rendu compte.

Quand j'étais avec ma tante dans la cuisine, elle semblait regarder par la fenêtre et parler pour elle même. Elle se plaignait toujours de quelque chose: elle avait trop de travail, la viande coûtait trop cher, les légumes étaient de mauvaise qualité, les pommiers dans le jardin ne donnaient pas assez de fruits, il faudrait les abattre, mais qui le ferait? Les ouvriers étaient rares, paresseux et il faudrait les payer hors de prix. Son mari ne gagnait pas assez d'argent pour faire faire tout ce qu'il fallait, elle devait s'occuper toujours de tout et personne n'appréciait à sa juste valeur ce elle faisait pour les autres, surtout pour notre famille à nous.

Parfois, elle commentait à haute voix le comportement de ma mère. Selon elle, elle était égoïste, fausse et hautaine et essayait d'exploiter son frère. Moi, j'aurais été élevée comme une princesse; on m'aurait nourrie de gâteaux et de jambon, on m'aurait laissée toute la journée à ne rien faire, seulement à lire pour mon plaisir, tandis que sa fille à elle, ma cousine de six ou sept ans plus âgée que moi, commençait déjà à aider comme vendeuse dans la petite coopérative du village et bientôt elle gagnerait sa vie. Quant à moi, on envisageait de m'envoyer au lycée pour que je pusse devenir une dame, on pensait que j'étais quelque chose de meilleur que les paysannes ou les ouvrières qui pourtant avaient plus de valeur que divers docteurs et professeurs qui se pavanaient dans des villes.

Je ne savais pas que faire et que dire. Je ne m'entendais pas bien avec ma mère, mais à cette époque les enfants, du moins jusqu'à un certain âge, ne pouvaient pas critiquer leurs parents, et surtout pas devant quelqu'un qui leur serait ouvertement hostile. Mais comment défendre ma mère? Certes, elle ne me nourrissait pas de gâteaux; elle ne faisait de la pâtisserie que rarement et à contrecœur. Elle était constamment occupée de couture, n'aimait pas faire la cuisine et dans la famille, on se moquait de ses bouillies brûlées et de ses crêpes épaisses d'un centimètre. Je n'étais d'ailleurs nullement attirée par des sucreries. Le jambon n'était servi chez nous qu'exceptionnellement. Nous vivions modestement, nos dîners se composaient de quelques tranches de pain avec du saindoux ou, parfois, avec des œufs brouillés. La nourriture était plus abondante et plus variée chez cette tante robuste et hargneuse que chez nous. Mais à quoi bon l'expliquer? Les joues me brûlaient et je me taisais. Ma grand-mère, qui assistait souvent à de telles scènes, était triste, plus triste encore qu'habituellement. Elle ne s'entendait pas bien avec sa bru, mais elle s'était déjà habituée à être toujours un peu malheureuse, un peu résignée; elle n'osait jamais rien dire. Elle se sentait à la charge de son fils et de sa belle-fille, elle mangeait leur pain, elle devait leur être reconnaissante... Elle essayait seulement de m'attirer timidement dans sa chambre à elle, plutôt un galetas qu'une pièce à habiter, me caressait les cheveux, pleurait un peu et me donnait quelques bonbons au caramel, datant probablement de l'avant-dernière année et affreusement durs. Je les suçais avec gratitude, ayant l'impression qu'ils ne fondraient jamais dans ma bouche. J'aurais bien voulu la consoler, mais je ne savais pas comment.

Le repas de dimanche était somptueux. Après une soupe épaisse avec des morceaux de viande, ma tante apportait un énorme rôti de porc dont elle coupait fièrement devant nous des tranches substantielles.

Un jour, une de ces tranches s'est trouvée dans mon assiette, avec quelques quenelles et deux grandes cuillerées de choucroute. J'étais décidée de tout manger et d'en faire l'éloge pour lequel je commençais déjà à choisir les mots comme si je devais les apprendre par cœur. Ma cousine a posé sur la table deux cruches de bière qu'elle était allée chercher dans l'auberge à côté. Tout le monde s'en servait, mon oncle m'en a versé un bock. Je n'avais jamais bu auparavant de bière, ni aucune boisson alcoolisée. J'avais une idée assez vague de l'alcool. Ma mère disait que notre voisin buvait, qu'il gaspillait de l'argent et que c'est à cause de cela que sa femme et ses enfants étaient toujours affamés et mal habillés. En réalité, je ne savais pas s'ils étaient vraiment affamés, et ils étaient certainement habillés comme tout le monde. Mais il y avait quelque chose de suspect. Un soir, j'ai vu ce voisin trébucher sur l'escalier et j'en ai eu peur.

Mais ce n'était pas cela à quoi je pensais à ce moment. J'avais devant moi un verre rempli d'un liquide dont la couleur me déplaisait et dont l'odeur me dégoûtait.

Et il a fallu le boire. J'ai fermé les yeux et plongé les lèvres dans la bière. J'avais l'impression que quelque chose me piquait la langue et me montait dans le nez, que j'allais étouffer. Je priais pour arriver à l'avaler, mais le liquide restait dans ma bouche. Il me semblait que ce moment ne se terminerait jamais. J'ai fait tous mes efforts. Enfin, j'ai avalé le liquide, j'ai ouvert les yeux et me suis mise à tousser. Mais j'ai été soulagée. Le verre était déjà posé sur la table. L'y ai-je posé moi-même? Quelqu'un m'a-t-il aidée? Je n'osais pas lever la tête, mais j'ai entendu ma cousine pouffer de rire. Je savais que ma tante me fixait, que mon oncle essayait de regarder de l'autre côté, que ma grand-mère était désemparée. Que faire? J'étais malheureuse... Puis ma tante a prononcé distinctement, si distinctement qu'on aurait pu l'entendre dans la rue: "On ne devrait pas nous envoyer une telle douillette, elle n'a rien à faire chez nous..."

Personne n'a dit un mot. J'essayais de manger toutes les quenelles et tout le rôti de porc que j'avais dans l'assiette. Mais les quenelles semblaient se multiplier et le rôti de porc grossir. Tout le monde avait déjà terminé et je mangeais toujours. Je ne savais que faire du verre de bière. A la fin, ma tante s'est levée de la table et mon oncle m'a dit de laisser le reste si je n'avais plus faim. Je voyais qu'il était mécontent, qu'il avait honte de moi et je faisais tous mes efforts pour ne pas pleurer. J'ai proposé d'essuyer la vaisselle, mais ma cousine s'en est déjà chargée. Il n'y avait pas de place pour moi dans la cuisine, personne ne me parlait.

Je me suis enfuie dans le jardin et me suis assise sous un grand pommier. Pendant quelques minutes, je ne voyais rien, je ne pensais à rien. Puis j'ai ouvert une édition vétuste des *Anciennes légendes tchèques* que j'avais trouvée la veille au grenier. Au début, je ne saisissais que des mots séparés qui ne donnaient aucun sens. Mais peu à peu, les récits des meurtres, trahisons et désastres d'autrefois m'ont captivée. C'était une satisfaction. Les gens ont toujours été maltraités et malheureux. C'était normal, c'est ainsi ... A côté des méchants, des assassins et des intrigants, il y avait d'ailleurs aussi des princesses compatissantes et des ermites miséricordieux. Ils n'avaient pas un grand pouvoir, mais il était bien de savoir qu'ils existaient. J'ai été déjà loin de la scène du midi. J'étais maladroite, ridicule, mais je pouvais ne pas être méchante. Certes, personne ne le saurait, on verrait seulement mes défauts, mais ce n'était pas très important.

Les ombres se sont allongées. Une odeur humide sortait des herbes. J'ai levé la tête et je me suis aperçue que mon oncle faisait quelque chose dans le coin du jardin. Je le regardais pendant un moment; j'ai senti vaguement qu'il essayait seulement de faire quelque chose, sans savoir quoi. Quand il a vu que je l'observais, il s'est arrêté et s'est approché de moi. Il était embarrassé et semblait me reprocher de l'introduire dans cet embarras. Puis, il a dit d'une voix rauque: "Ta tante est une brave femme, elle ne pense pas toujours à ce qu'elle dit..." Et il a rapidement quitté le jardin.

Je suis restée encore quelques instants sous le pommier. Je ne lisais plus. Il fallait rentrer à la maison, mais je n'avais nullement envie de m'y retrouver avec ma tante, ma cousine, avec des ustensiles de cuisine entourés d'une odeur de graisse. Je traînais quelques instants autour de la maison, craignant qu'on ne m'appelât. Mais il n'était pas encore trop tard, tout était tranquille. Je suis entrée dans la grange et me suis arrêtée devant les cages des lapins. J'ai donné à mon préféré, un lapin couleur sable, une longue tige de pissenlit avec une fleur jaune éclatante. Il la mangeait avec application, comme s'il fumait un cigare. Je lui caressais les oreilles, tièdes et soyeuses. Et il faisait des mouvements de la bouche, comme s'il disait..., il était ridicule et beau ... Je ne pensais plus à ma tante, à ma cousine, aux repas, aux maladresses, aux mesquineries...

Je n'ai jamais plus bu de bière. Quand je suis dans une société où l'on en boit, j'explique que je ne l'aime pas, mais en réalité je n'ai aucune idée de son goût. Ce n'est pas une hostilité envers l'alcool; je peux boire facilement et avec plaisir du vin. Si dans mon enfance on m'avait servi au lieu de la bière un verre de vin, et surtout si c'était en présence de ma tante et de ma cousine, j'aurais eu probablement la même réaction.

Mais je continue à me rendre parfois compte d'être "là où je n'ai rien à faire", parmi les gens qui parlent la même langue que moi et dont les propos me sont pourtant incompréhensibles. Après une conférence, j'allais quelquefois avec des collègues au café. Nous bavardions, nous plaisantions — et d'un seul coup, je me sentais étrangère, je n'appartenais pas à leur société, je me trouvais parmi eux seule, plus seule que si j'étais sur une plaine déserte. C'était gênant, je ne savais pas s'ils s'en rendaient compte, je faisais tout pour le cacher, mais je n'y parvenais certainement pas. Ils me le reprochaient probablement, sans y penser, et je me sentais vaguement coupable.

Autrefois, je voulais surmonter ce sentiment. J'essayais de prendre part à la discussion, de me mêler à leurs propos, mais j'ai vite découvert que personne ne comprenait ce que je disais, que personne ne m'écoutait. Je voulais expliquer quelque chose et je voyais que ça n'intéressait personne...

J'évite de telles situations, mais elles sont imprévisibles et peuvent se produire à n'importe quel moment. J'en suis embarrassée, mais je ne sais pas comment faire. Est-ce un malentendu? Tout le monde connaît peut-être de tels cas.

L'inquiétude

Les jours passent agréablement. Je fais ce qui me plaît. Je flâne le matin, je fais semblant d'arranger mes documents, je consulte mon grand *Brockhaus* (hier soir, avant de m'endormir, je ne pas pu me souvenir du titre exact d'une pièce de Tirso de Molina et de la date d'une bataille au début du Moyen Âge — pourquoi me sont-ils venus à l'esprit?). Je me laisse entraîner par le charme de l'encyclopédie, je la feuillette sans aucun but précis, je saisis quelques bribes d'informations dont je n'ai pas besoin. Puis je tape deux ou trois lettres, des morceaux d'un article, un compte rendu. Vers midi je me prépare un bon déjeuner (pas très compliqué) — les heures s'effacent vite... Et l'après-midi, je m'assieds à "ma place" à la bibliothèque rue d'Ulm. Avant de me m'y installer, je m'arrête dans le couloir, je regarde par la fenêtre et l'image du jardin me reste encore quelques instants dans les yeux. Je voudrais que le temps s'arrête et je suis contente qu'il passe vite.

Hier, j'ai accroché dans mon bureau une reproduction de Vermeer. Par moments, je l'observe, je pense sans penser, des vagues de sensations flottantes, insaisissables m'entourent, me font plaisir, mais ce plaisir est à la fois doux et triste, indéfinissable, passager. Je m'approche de la fenêtre. Les maisons d'en face, la rue avec des voitures et des autobus, des taches de verdure à l'horizon, tout y est comme hier, comme l'année dernière, ou presque... Puis j'écoute un disque, un César Franck ou un Haendl, parfois aussi un Debussy ou un Martinů ou des chants grégoriens. Je reste assise dans mon fauteil, je ferme les yeux et je me souviens des pays que j'ai visités, des tableaux que j'ai regardés à diverses expositions, dans des galeries ou dans des églises et palais, des couchers du soleil au bord de la mer que j'avais aimés, que j'aime toujours, je me souviens de ce que j'ai vécu, de ce que je n'ai pas vécu — je peux me souvenir de beaucoup de choses, et même de quelques personnes... J'ai tout ce que j'ai voulu, je ne veux rien d'autre.

Mais à côté de cela il y a encore une autre chose,

difficile à cerner, quelque chose qui m'échappe, qui existe à la limite de ce que j'éprouve, mais qui y existe et peut m'envahir. Habituellement, je le devine seulement comme un souffle, comme une brume et j'essaie de ne pas y prêter attention. J'y parviens même souvent. Pas toujours.

Je suis presque joyeuse, j'en suis convaincue, et en même temps je sais que ce n'est pas tout à fait vrai. Il suffit quelquefois (mais je ne peux jamais prévoir quand) de m'éloigner un peu de ce que j'essaie d'éprouver, d'oublier quelque chose, de ne pas faire attention — et je me trouve mal à l'aise, sans savoir pourquoi. D'ailleurs pas vraiment mal à l'aise....

Je suis entourée d'ombres que je ne perçois pas, de bruits que je n'entends pas. C'est comme si je m'enfonçais dans un espace inconnu, insaisissable... Ou plutôt comme si les murs chancelaient, s'effritaient imperceptiblement, comme si l'air devenait opaque. Tout est étranger. Je voudrais aller quelque part, je ne sais où, et j'ai l'impression de ne pas pouvoir bouger ni faire un seul pas.

C'est insolite. Ai-je peur? Pourquoi? Je me sens perdue. N'importe quoi pourrait arriver, je suis sans abri, sans appui...

Il ne faut pas accepter de telles sensations, il faut vivre dans le monde perceptible et définissable, dans le monde qui est le nôtre, qui nous est communiqué par nos sens et par notre raison, qu'on peut expliquer et comprendre, qui est probablement même solide, ou du moins on peut y croire. Je le sais et je me le répète. Mais il y a des brèches. Comment réagir?

C'est comme si je marchais sur un sentier étroit au bord de l'abîme. Je m'arrête. J'essaie de me dire, de m'expliquer... Je peux me sauver, je suis sûre de me retrouver un jour à un endroit stable... En suis-je vraiment sûre? Il faudrait avoir la foi. Mais comment croire en quelque chose qu'on n'arrive pas à saisir? Certes, c'est précisément là la foi. Ou la grâce. Mais peut-on y accéder par sa décision, par sa seule volonté?

J'essaie de réfléchir logiquement: La réalité est multiple, elle n'est pas toujours la même, et elle n'est pas la même pour tout le monde. En regardant les mêmes objets, diverses personnes ne voient pas les mêmes choses. Moi-même, je ne vois pas toujours les mêmes choses. Qu'est-ce qui est vrai? L'angoisse et l'incertitude, c'est une des faces de ce que je suis, de ce que nous sommes tous, elle s'impose à côté d'autres faces, d'autres sensations, frémissements, éclats de lumière, endroits de ténèbres, ouvertures et attentes... Il faut l'accepter et continuer à vivre comme si le monde était solide, tout en sachant qu'il ne l'est pas. Ou plutôt il faut accepter ses dangers, pas seulement ceux qui viennent de l'extérieur, mais aussi ceux qui lui sont inhérents, qui me sont inhérents. Mais les réflexions logiques ne suffisent pas. Je voudrais parler à quelqu'un, mais mon appartement est vide.

Puis, l'angoisse s'estompe peu à peu. Je pense à d'autres choses. Je suis chez moi. Demain, j'irai à une exposition de Constable, après-demain, j'ai une réunion, pas très importante, mais j'y rencontrerai des collègues que j'aime bien, et puis ... J'aurai toujours quelque chose à faire. Exister (exister avec le sentiment de quelque chose de stable), c'est faire quelque chose. (J'en suis presque sûre et cela me réconforte.)

Pendant plusieurs jours, je suis tranquille. Je termine la lecture d'un ouvrage assez ennuyeux, je viens d'écrire un compte rendu anodin, je me suis acheté un billet pour aller sur la Côte d'Azur (espérons qu'il n'y aura pas de nouveau une grève de la SNCF...). Tout est compréhensible, parfois agaçant, mais les tracasseries quotidiennes, c'est presque rassurant. Mais je sais que tout cela est à la surface. Une inquiétude inavouable guette, derrière moi, et je ne lui échapperai pas, ou plutôt je lui échapperai de nouveau et elle reviendra.

Tout se répète, sous des formes légèrement différentes, comme si ce n'était pas une répétition, mais un flottement, une avancée vers quelque chose, un avertissement qui pourrait se changer en un enivrement, mais qui pourrait aussi m'accabler.

Je ne me sens pas menacée par quelque chose de concret, du moins je n'en suis pas consciente. Pourtant je m'arrête dans une rue et j'attends, pas longtemps, une seconde ou deux, pour ne pas atirer l'attention... Puis, je reviens à la maison et je regarde par la fenêtre. Je dis et je redis: "Fais que tout cela se termine bien, fais que tout cela se termine bien..." Je ne saurais dire ce qui devrait se terminer bien et à qui je m'adresse. Je ne suis probablement pas croyante, d'ailleurs dans quel sens pourrais-je l'être? (Je suis restée des heures au Cap Sounion: j'avais l'impression d'être entourée de ... A Kamakura, face au Bouddha géant, j'ai éprouvé une sensation étrange, belle, que je ne saurais définir. J'ai passé un après-midi à la Chapelle Sixtine et je m'en souviens ... Et il y a encore d'autres choses.) Ces problèmes sont très compliqués; rien de ce que je pourrais en dire ne serait tout à fait vrai.

Parfois, j'invoque malgré tout Dieu, je prononce presque son nom (si Dieu pouvait avoir un nom), mais pas comme dans une prière. Je ne sais pas à quoi je pense au juste.

Et puis, quelquefois (mais c'est très rare), c'est comme si une porte s'ouvrait devant moi. C'est très fragile, je n'ose pas retenir ce moment... Quelque chose d'ardent et d'émouvant, il n'y a pas de mots pour l'exprimer, je n'arrive même pas à m'en approcher par la pensée. C'est comme si je comprenais qu'il y a ... que malgré tout... Je ferme les yeux, je reste immobile. Je serais gênée si quelqu'un se doutait de ce que j'éprouve.

Cependant par moments, je voudrais en parler à quelqu'un qui saurait tout... A qui? Je ne pense pas aux gens que je connais. Il serait inconcevable de trouver un tel homme parmi eux, dans une rue, dans une salle quelconque, je ne le souhaite même pas.

J'ai pourtant besoin de me l'inventer. Je me promène dans un parc, je suis assise à mon balcon, je cesse de tourner les pages du livre qui se trouve devant moi, je pense... et je ne pense plus — et c'est comme si je parlais avec quelqu'un à qui je pourrais dire tout, ou plutôt à qui il ne serait nécessaire de rien dire. Je ne l'imagine qu'incomplètement. Je ne saisis qu'un fragment de son geste, peut-être un regard qui disparaît, l'écho d'une voix qui s'éteint, le reste se dissout dans la brume. Cet homme n'existe pas, je le rencontrerai peut-être un jour.

Je suis triste et presque soulagée à cette pensée. Il n'y a pas de miracles, ou plutôt des miracles sont tout près, à deux pas de moi, mais je ne peux pas les toucher, je ne les toucherai sûrement jamais. Ce n'est qu'une tentation. Mais peut-on rêver de quelque chose qui n'existe pas, qui ne pourrait jamais exister? D'où vient le désir? Je n'arrive pas à m'en débarrasser, je ne le veux même pas.

Mon angoisse, cette inquiétude, c'est peut-être aussi une attente. Mais attente de quoi? Je ne pourrais jamais obtenir, avoir...

A Rome

Pendant plusieurs années, j'ai été très impolie envers quelques Allemands que je rencontrais occasionnellement à divers stages ou congrès internationaux.

Une fois je me suis trouvée à Rome. Je ne sais plus par quel miracle je me suis procuré une invitation à un stage linguistique et par quel miracle, plus incompréhensible encore, j'ai obtenu le passeport. Certes, je suis arrivée avec quatre jours de retard, mais les organisateurs étaient habitués aux difficultés que les ressortissants tchécoslovaques avaient pour obtenir le passeport. Ma place était retenue — et j'étais persuadée que je rattraperais les leçons manquées. J'ai été heureuse.

Je ne me souviens plus comment je me suis déplacée, sous une chaleur torride, de l'aéroport à l'endroit où les cours avaient lieu et dont l'adresse me paraissait assez mystérieuse. Mais à la fin, je suis arrivée devant la grille d'un énorme parc au fond duquel émergeaient les bâtiments d'un vieux couvent. C'était là. J'ai sonné, une jeune fille m'a ouvert, a tenté de me dire quelque chose de gentil, mais mes connaissances d'italien étaient trop rudimentaires pour que je puisse lui dire quoi que ce soit. Elle m'a souri avec compréhension et m'a amenée dans une petite chambre propre et fraîche, je l'ai remerciée en balbutiant quelque chose d'approximatif, j'ai ajouté "sono stanca..." — et je suis restée seule, avec la vue, à l'horizon, de la basilique Saint-Pierre (je la devinais plutôt que je ne la voyais), avec des platanes et cyprès devant ma fenêtre, avec une odeur aromatique, tiède, inconnue ... J'étais excitée, un peu inquiète — serai-je capable de faire tout ce qu'on attendait de moi? Et en général...

J'aime à me trouver en face de gens que je ne connais pas, que je rencontre pour la première fois, que je ne reverrai peut-être plus jamais. Mais qui sait? Je les rencontrerai peut-être... Je ne m'imagine pas celui que je pourrais rencontrer.

Je suis descendue dans la salle à manger. C'était une grande salle, très éclairée. Toutes les tables étaient déjà occupées. Je me suis arrêtée, interdite, je regardais autour de moi, je cherchais, puis, on m'a fait signe d'une table. Il y avait deux garçons et une fille, une place était libre. Je me suis assise à cette place, j'ai essayé de les remercier dans une langue indistincte et j'ai été embarrassée. Il me paraissait impoli de ne dire rien d'autre, mais mes connaissances en italien étaient insuffisantes pour une conversation. Les leurs probablement aussi. J'ai fait un geste d'impuissance, je leur ai souri et ils m'ont souri à leur tour. On nous a apporté du potage, nous mangions et l'embarras s'est estompé. Mais il a fallu attendre le deuxième plat. Ils parlaient, ils plaisantaient, en faisant de temps en temps un geste amical dans ma direction. Que faire? Ils parlaient allemand. Je faisais semblant de ne pas comprendre, mais j'étais affreusement mal à l'aise. D'après ce que j'ai compris, les garçons ont terminé des études d'histoire de l'art et travaillaient à Munich dans un musée (peut-être même dans la Vieille pinacothèque, mais je n'en étais pas sûre), la jeune fille était employée dans un établissement psychiatrique comme psychologue. Je ne voulais pas les écouter. Je mangeais et mangeais. Ils me regardaient amicalement, peut-être avec un brin de curiosité. Je m'appliquais probablement trop ostensiblement à leur montrer que je ne comprenais rien, et je me trahissais par moments. J'étais obligée d'étouffer un fou rire quand ils racontaient une blague. J'ai été contente quand le dîner s'est terminé. J'ai fait un signe de tête sans prononcer un mot et je m'en suis allée. Je ne pouvais pas m'endormir. Je regardais par la fenêtre. La ville scintillait au-dessous de moi. Des vagues de senteurs résineuses et sucrées montaient vers ma chambre. Le ciel de velours brillait.

Par la suite j'essayais d'être assise à la cafétéria le plus loin possible de la table où ils se trouvaient Et si aucune table assez éloignée n'était libre, j'attendais dans le couloir et une ou deux fois, j'ai même renoncé à mon café et à mon gâteau. Mais cela me perturbait. Parfois, ils me faisaient de loin un signe de tête. Je répondais par le même geste. J'avais l'impression qu'un des garçons voulait me parler. Je l'évitais et j'étais mécontente de moi-même. En était-il conscient? Parfois il me souriait, ou peut-être pensais-je seulement qu'il me souriait. Une fois, il s'est adressé à moi. Il m'a demandé en italien un peu hésitant de lui prêter mon stylo, puis il a répété la phrase en allemand. Voulait-il savoir si je comprenais sa langue? Je lui ai tendu mon stylo, j'aurais bien voulu lui dire quelque chose, mais les mots italiens me manquaient, je n'osais pas parler allemand, je me suis un peu détournée, je suis restée indécise et je ne savais pas que penser. Le garçon a noté avec mon stylo quelque chose dans son carnet et me l'a rendu, avec un remerciement qui, comme je le sentais, était teinté d'un peu de déception. Peut-être. Il était déjà de l'autre côté de la salle, je me suis dirigée lentement vers la sortie. Etais-je triste de ne pas entrer en contact avec un garçon qui m'attirait sans que je veuille l'admettre et qui s'intéressait probablement à moi — ou me reprochais-je de penser à un Allemand, car son père ou son oncle avaient certainement été...

J'avais plusieurs raisons pour détester les Allemands. A l'école primaire, on nous a enseigné un patriotisme germanophobe, un peu sentimental et un peu militant, et nous l'acceptions avec enthousiasme. Ou me semble-t-il seulement aujourd'hui qu'on nous l'avait enseigné? Peut-être l'ai-je appris autrement, comme beaucoup d'entre nous, sans savoir exactement où et comment. J'étais persuadée que tout le monde pensait comme moi — ça me paraissait normal. Nous avions peur des Allemands. Nous les avons donc haïs. Et puis, c'était l'occupation nazie, des atrocités...

Avec la guerre et l'occupation, quelque chose s'est cassé. Les gens sont devenus incompréhensibles, sans visage, ou on commençait à les voir ainsi. Pas comme des individus, mais comme des membres de... C'est peut-être à ce moment que je commençais à me sentir mal à l'aise devant les gens "à étiquette", ceux dont le caractère principal était d'appartenir à une autre nation (nation étrangère, ennemie), et plus tard à un parti politque, à n'importe quel parti politique et à n'importe quel groupe. J'ai éprouvé ce sentiment tout d'abord par rapport aux Allemands. Des hommes en uniforme passaient parfois par les rues de ma ville natale où jusqu'alors personne ne parlait allemand. Ils étaient toujours plusieurs, on ne voyait pas leurs fronts, leurs yeux, seulement leurs uniformes; ils donnaient l'impression de nous mépriser; j'aurais voulu être ailleurs. Puis, par rapport aux communistes, c'était pareil, mais pas tout à fait. J'avais moins peur des communistes que des Allemands, leurs cruautés étaient pour moi moins spectaculaires, mais j'étais révoltée et j'avais honte. Je me moquais des communistes, je ne suis jamais parvenue à me moquer réellement des Allemands. Et puis... Que dire? On s'habitue à des déceptions.

Etait-ce ainsi depuis toujours? Est-ce l'invention du XXe siècle? Mes réflexions ne sont d'ailleurs pas tout à fait justes. Je connais des gens qui sont eux-mêmes, et pas les membres d'une organisation ou d'une secte, mais ils me paraissent souvent impuissants, comme effacés.

Pendant mon séjour à Rome, mes sentiments sur ce sujet étaient assez confus (ils le sont toujours un peu...). J'aurais bien voulu détester les Allemands, j'étais même persuadée de les détester réellement, mais il fallait ne pas les voir individuellement. Ou je pouvais les détester en les situant dans le passé, mais pas dans le présent. Ma haine des Allemands n'était d'ailleurs pas très conséquente. Elle me dérangeait même parfois et je ne savais comment m'accommoder d'elle. La mère de ma cousine préférée était une Allemande des Sudètes. Elle était la plus gentille de toutes mes tantes arrivées de l'extérieur et j'aimais à passer des après-midi chez elle. Certains membres "tchèques" de ma famille me le reprochaient, ce qui me scandalisait. Mais la situation de ma tante était exceptionnelle. Par son mariage, elle avait acquis la nationalité tchèque. Pendant la guerre, elle n'a jamais profité de son origine allemande. Certes, elle parlait tchèque avec un accent, mais on ne pouvait pas à cause de cela l'accuser des atrocités que les Allemands ont commises dans les camps de concentration. (On le faisait pourtant quelquefois, et cela même dans ma propre famille...)

Un des mes oncles vivait à Vienne et son fils était certainement engagé dans l'armée allemande. Mais je ne le connaissais pas, je ne l'ai jamais vu, il est mort, probablement quelque part en Russie à la fin de la guerre, je n'avais rien de commun avec lui. On n'est pas responsable de sa famille. Mais il était préférable de ne pas y penser trop.

En Bohême, je pouvais à la rigueur m'accommoder de mes sentiments anti-allemands. Les Allemands n'y étaient plus. On pouvait même oublier que, après avoir été expulsés, eux-mêmes, des territoires mixtes des Sudètes, les Tchèques en ont chassé trois millions. A notre époque, on s'est habitué à déloger les gens sans demander leur avis. Les Polonais et les Slovaques l'ont fait en 1938 avec les Tchèques, après la guerre, les Russes ont décidé que les Polonais n'avaient rien à faire à Lemberg (qui reste pour moi Lwów, un des centres de la culture polonaise) et les Polonais ont chassé les Allemands de Breslau, ville fondée par un roi de Bohême, qui portait jadis le nom de Vratislav et où les Allemands étaient installés depuis des siècles. Autrefois, les gens étaient probablement capables de vivre ensemble, en se querellant plus ou moins humainement. Ils ne le sont plus. Que faire? Je n'échappe pas à cette règle...

Pourtant à Rome, dans un couvent paisible, entouré de cyprès, je ne savais que penser. J'étais encore persuadée qu'il fallait haïr nos ennemis, pas ceux dont parle la doctrine chrétienne, mais les "autres"... Comment les définir? Je feuilletais la *Divine comédie*, je pensais à des fresques de Michel-Ange.

Le temps passait merveilleusement. Nous faisions des excursions, j'ai découvert l'art étrusque, Pompéi, Naples... Une fois par semaine, nous avions un après-midi libre — et j'ai pu me promener à Rome, regarder des palais couleur rosâtre et ocre, m'arrêter devant des fontaines, entrer dans des églises, avoir un peu peur (apparemment, il n'était pas alors habituel qu'une jeune femme se promène seule dans la ville et j'ai été importunée, comme certainement toutes les jeunes filles, par des Italiens qui pensaient probablement me faire plaisir...). Je craignais de me perdre dans des rues et ruelles, mais c'était une peur agréable — et j'étais contente de me retrouver le soir dans notre couvent où un dîner léger, avec beaucoup de fruits, m'attendait. Je me suis un peu liée avec deux Françaises; parfois, un Polonais s'associait à nous, nous parlions de Sartre, de Maritain. Nos connaissances en italien étaient-elles déjà suffisantes pour discuter de problèmes philosophiques? J'avais l'impression que nous nous comprenions. On n'a pas toujours besoin d'une connaissance parfaite de la langue pour se comprendre... J'aurais voulu que le temps s'arrête. (Ça m'arrive quelquefois, quoique rarement. Heureusement, je n'ai pas conclu un pacte avec le diable comme le héros de Gœthe. Mais qui sait?)

Parfois nous nous faisions des signes amicaux avec les Allemands avec lesquels j'ai passé la première soirée, mais nous ne nous parlions pas. J'ai été moins gênée, je ne pensais plus à l'occupation nazie, à la guerre. Tout semblait naturel, presque facile dans ce couvent italien où nous apprenions à conjuguer les verbes et à réciter quelques vers de Pétrarque.

La dernière soirée a été un peu solennelle. Un garçon espagnol chantait, un autre jouait de la guitare, une jeune fille a commencé à jouer du piano. Quelques filles et garçons dansaient. Le jeune Allemand s'est incliné devant moi. Pendant quelques secondes, nous n'avons rien dit. Puis, il a prononcé à voix basse, mais distinctement: "Je sais que vous êtes Tchèque et que vous devez nous détester, nous autres Allemands..." Je me suis arrêtée, j'ai cherché des mots. Je suis restée interdite, déconcertée. Peut-être heureuse. J'ai réussi à dire seulement: "Je vous demande pardon, ce n'est pas ça, il ne faudrait pas..." Il m'a baisé la main. Nous nous sommes souri et nous nous sommes quittés.

La soirée s'est terminée. Je suis montée dans ma chambre. J'éprouvais un mélange de regrets et de joie. Ce n'était pas à cause du fait que je ne reverrais plus jamais ce garçon avec qui j'aurais pu parler, peut-être. J'avais l'impression que l'existence était quelque chose d'autre que ce que j'avais pensé autrefois, quelque chose d'ouvert... et de beau. Je suis restée longtemps à regarder par la fenêtre où je ne voyais presque rien, seules des ténèbres brillantes, miroitantes. Puis, j'ai fait mes bagages et le lendemain matin, très tôt, j'ai pris l'autobus pour aller à la gare. J'ai envisagé de revenir de Rome à Prague par Gênes, Carcassonne, Bordeaux et Paris.

Tout cela est déjà très loin, c'est comme si ça n'avait jamais eu lieu. Avec le temps, tout a changé, tout s'est estompé. Mes anciens compatriotes tchèques commençaient d'abord, peu à peu, à être jaloux des Allemands qu'ils avaient jadis chassés de leur terre, car ces Allemands gagnaient mieux leur vie, avaient des voitures plus grandes, pouvaient passer des vacances à la mer (ou c'est du moins ce qu'on pensait...). Et après, cette jalousie a été recouverte par l'indifférence. On oublie tout.

Je ne vis plus dans mon pays natal. Et pourtant, autrefois, encore pendant mon premier séjour à Rome, l'émigration me paraissait inconcevable. Dans le passé, l'exil a été considéré comme la peine la plus grave, après la peine capitale. Et combien de personnes risquent aujourd'hui leur vie pour pouvoir quitter leur pays natal?

Est-ce mieux d'être indifférent que de haïr? Oui, certainement... Mais n'importe quoi peut naître de l'indifférence. J'éprouve le sentiment d'un vide. Quelque chose manque. Mais quoi?

Le passé?

Je n'arrive pas à pardonner. C'est un sentiment incommode, désagréable et j'essaie de l'éviter ou de l'oublier. Tout ce qui avait été est loin, n'a aucun pouvoir sur moi — pourquoi certaines bribes en émergent-elles quelquefois? En serai-je marquée à jamais? Reviens-je consciemment vers le passé? Ou inconsciemment? Et comment m'en débarrasser?

Le mot "pardonner" est d'ailleurs impropre, mais je ne sais comment le dire autrement. Je n'ai aucune envie de me venger, je ne souhaite rien de mal à personne— et même si je le voulais, je n'aurais aucun pouvoir ni aucune possibilité de nuire à qui que ce soit. Je n'éprouve même pas de haine, ou du moins je ne veux pas en éprouver. Ça ne veut pas dire que je sois charitable ou généreuse. Si je refuse la haine, ce n'est pas à cause des autres, mais à cause de moi-même. La haine me paraît salissante.

Je me trouve d'ailleurs devant une contradiction que je ne parviens pas à m'expliquer. D'un côté, j'ai l'impression de n'éprouver aujourd'hui aucun sentiment envers la plupart des personnes que j'avais fréquentées autrefois et dont le comportement me blessait et m'humiliait; de l'autre, je suis vaguement persuadée de ne pas leur avoir pardonné. Il serait logique d'éprouver l'un ou l'autre, mais j'éprouve ces deux sentiments simultanément et j'en suis déconcertée.

S'agit-il seulement des personnes que j'avais réellement connues? Dans certains cas, je pourrais citer leur nom, les décrire même. Mais souvent je me trouve mal à l'aise comme si j'étais entourée d'êtres sans visages, anonymes, qui sont comme s'ils n'existaient pas — et dont je sais pourtant qu'ils existent, insaisissables, lâches, indifférents, ambigus. Ils peuvent émerger à n'importe quel moment, blesser, détruire quelque chose de précieux... Ils existaient autrefois, ils existent toujours. A jamais? Non, c'est impossible... Je les déteste sans les connaître. (Mais comment les détester si je refuse la haine?) Je commence à me méfier de moi-même et j'en ai honte. C'est un piège.

Je voudrais me laver les mains, le visage, n'avoir rien, absolument rien de commun avec tout cela. Parfois, il me semble réussir, mais je n'en suis jamais tout à fait sûre.

Tout le monde rencontre d'ailleurs des personnes suspectes, malpropres. Heureusement, il y en a aussi d'autres. On peut probablement vivre dans un monde où le meilleur et le pire se côtoient. Les hommes mesquins et indifférents sont-ils conscients d'être mesquins et indifférents? Je me sens désemparée quand je pense à eux, parfois je ne sais même pas au juste à qui je pense.

Tout cela est derrière moi. Je suis ailleurs. Je rencontre des gens que je ne connaîtrai jamais réellement, dont je m'imagine avec plaisir le visage, que j'oublie et que je retrouve plus tard. Ils sont polis et gentils, je n'ai rien à leur reprocher; parfois, je me sens presque à l'abri. Je me promène dans les rues que j'aime, sans savoir si je leur appartiens — ou si j'y passe par hasard. Demain, je peux être dans une autre ville, n'importe où. (Mais pas n'importe où, je suis déjà chez moi ici, dans cette autre ville, dans cet autre pays.) Pourtant parfois (pas toujours) les choses perdent un peu de leur consistance, deviennent provisoires. Ainsi ne blessent-elles pas. Tout change, tourbillonne, tout est possible. Mais ce n'est qu'une face des choses. Je suis ici, contente et tranquille — ou, à un autre moment (mais est-ce vraiment à un autre moment?), le ciel s'ouvre, quelque chose de brillant, de sublime est tout près de moi — et en même temps je suis dans des marais, dans des contrées sans lumière, gluantes et indifférentes. Ces endroits s'emparent de moi, sans que je sache pourquoi ni comment et sans que je puisse me défendre contre eux. Les souvenirs comme des toiles d'araignée se collent à mes yeux, je revois des morceaux du passé (mais pourquoi sont-ils encore présents?) et je me sens humiliée et révoltée. Voudrais-je vraiment que ces souvenirs s'estompent? Ce serait commode, agréable — mais serais-je encore moi-même?

Je ne reviens pas dans ma ville natale et je ne sais même pas si je l'aime ou non. Personne n'y avait peut-être dénoncé mon père à la Gestapo, c'est même peu vraisemblable, malgré certains demi-mots, certains soupçons que deux de nos voisins faisaient parfois entendre, sans essayer de les vérifier. Mon père a été arrêté et il est mort dans un camp de concentration comme tant d'autres. Les gens étaient alors lâches (ils le sont toujours). Ou quelqu'un a dû trop parler... Mais je n'en sais rien.

Peut-être ne me sentais-je pas à l'aise chez nous déjà auparavant, mais c'est au moment de l'arrestation de mon père que je m'en suis rendu compte. Les gens n'étaient pas méchants, quelquefois, ils me montraient même une pitié circonspecte et vague. J'avais honte de cette pitié, j'avais honte d'en être l'objet. Mais ces gens étaient probablement sincères. Il est difficile de montrer la compassion sans blesser.

Puis, tout est devenu incompréhensible. On disait — pas devant moi, mais de sorte que je pusse le savoir — que je devais être exclue de l'université. Qui le disait, et pourquoi? J'avais peur. J'évitais les gens qui me regardaient de nouveau avec pitié, mais avec une autre pitié. La pitié des années communistes était souvent méchante, lâche, presque satisfaite. Ou était-ce une indifférence cachée et curieuse? Ou seulement quelque chose de faux qui n'avait pas de nom? On a installé alors une peur, peur sans espoir, sans issue, dont beaucoup de gens se sont accommodés à la fin.

Je n'étais pas exclue de l'université et les gens qui voulaient avoir pitié de moi en étaient probablement déçus. Du moins je me le disais et j'avais un sentiment confus de dégoût et de gêne.

Tout était glacé. J'ai compris (on m'a fait comprendre) que quelqu'un de chez nous avait essayé de me faire exclure de l'université — à l'époque c'était "pour des raisons politiques", raisons indéfinissables sous lesquelles pouvait se cacher n'importe quoi et qui ne signifiaient rien. Qui a voulu le faire? Et pourquoi?

La ville s'en allait de moi, je m'en allais... Les rues par lesquelles je passais tous les jours me sont devenues étrangères, j'ai cessé de distinguer les visages des hommes que je rencontrais et dont je connaissais auparavant les noms, les familles, les occupations et prédilections. Tout était métamorphosé, inaccessible. Il n'y avait personne à qui parler. Les portes des maisons étaient fermées, les fenêtres aveugles. Eprouvais-je alors l'amertume qui accompagne maintenant mes souvenirs de ces temps-là? Probablement non. Je me sentais trop menacée, peut-être même blessée et triste. Je n'analysais pas mes sentiments. J'essayais de survivre — et parfois j'aurais voulu ne pas exister.

J'ai quitté la ville. Ce qui s'y passait ne me concernait plus. Seuls des échos de choses innommables, sales, parvenaient parfois chez moi.

Notre curé a été envoyé comme ouvrier non qualifié dans une usine, mon oncle a été arrêté, un de nos voisins s'est engagé à travailler dans une mine de charbon (volontairement? ou avait-il peur de quelque chose? de quoi?), ma mère a dû quitter son appartement et s'installer dans une pièce faisant partie de l'appartement d'une autre famille, une de mes tantes a commencé à travailler comme femme de ménage dans un internat, car on a confisqué à son mari son atelier et ils n'avaient pas de quoi vivre, notre ancien professeur d'anglais a cessé d'enseigner et est devenu chauffeur. C'était partout pareil. Qui décidait de tout cela? Ça se faisait presque anonymement. Parfois on nommait quelqu'un qui aurait dénoncé son voisin pour avoir son poste ou son appartement, mais personne ne pouvait et ne voulait le vérifier. Quelqu'un pourtant a dû donner de tels ordres et quelqu'un a dû les exécuter... Par aveuglement idéologique, par conviction (je n'y crois pas beaucoup), par égoïsme, par lâcheté? Aujourd'hui, on voudrait faire croire que c'étaient toujours "les autres" — jamais un fonctionnaire redevenu respectable, jamais un gentil père de famille, une charmante vendeuse ou un instituteur zélé qui recommence son ascension sociale. C'est comme si, à quelques exceptions près, tout le monde était autrefois honnête, persécuté, malheureux — et mériterait d'être recompensé (mais par qui?)... Personne ne déclare avoir nui à son voisin ou avoir collaboré avec la police secrète — et pourtant les gens se déchiraient et la collaboration avec la police secrète était certainement très développée, car autrement cette police, dont l'existence ne peut pas être niée, n'aurait pas pu agir.

Aujourd'hui, tout cela est fini. Mais est-ce fini

réellement? J'ai appris par hasard qu'on venait de donner à l'école primaire de ma ville natale le nom d'un ancien confident de la police secrète communiste. Celui qui l'a proposé ne le savait-il pas? Ou ne voulait-il pas le savoir? Qui était-ce? D'ailleurs c'est sans importance. Les rues, les places, les écoles portaient déjà tant de noms... Je ne suis pas choquée. Puis j'ai découvert qu'un ancien journaliste engagé autrefois dans la propagande antireligieuse a été nommé chez nous directeur du musée et a lancé une revue d'orientation métaphysique. Le fils d'un commerçant, qui avait été persécuté sous le régime communiste, est devenu directeur de banque. Mais il a détourné une somme considérable et s'est enfui à l'étranger. La directrice de l'école maternelle a été limogée car dans les années de la "normalisation" elle s'est inscrite au parti communiste pour que sa fille pût étudier à l'université...

Les gens sont les mêmes qu'autrefois, ambigus, insaisissables, étrangers. Est-ce une maladie développée à cause des conditions extérieures? Est-ce quelque chose de plus profond? Qui a le droit de juger? Peut-on accepter la devise d'Ivan Karamazov? Et a-t-il cru réellement que "tout était permis"? Dostoïevski n'y croyait pas. C'était un avertissement... Les fonctionnaires de la police secrète, les délateurs, les spéculateurs d'autrefois étaient-ils vraiment persuadés d'avoir le droit de faire ce qu'ils faisaient? Peut-on oublier les crimes, les méfaits, accepter qu'ils ne soient pas punis, n'entraînent aucune conséquence? Mais comment vivre si l'on s'en souvient?

Les prairies et les tilleuls de la région où je suis née (et que je ne cesse probablement pas d'aimer) se couvrent de fumée, de poussière. Je n'y reviendrai pas et je suis triste de ne pas le désirer.

J'évite également la ville où j'avais autrefois enseigné. Mais c'est autre chose. Ma ville natale est devenue pour moi anonyme. Parfois j'apprends des choses qui me dégoûtent, mais c'est comme si je le lisais dans un livre écrit par un auteur inconnu. Je n'arrive pas à m'imaginer une seule personne que j'avais autrefois rencontrée dans les rues par lesquelles je passais pourtant tous les jours. En pensant à ma ville natale (sans vouloir d'ailleurs y penser) je sens seulement l'omniprésence diffuse de quelque chose de désagréable que je ne pourrais attribuer à aucun homme concret, à aucune institution définissable. (Mais je ne sens pas toujours la même chose; parfois ma ville natale se voile d'une nostalgie.)

En revanche quand je pense à la ville où j'avais enseigné, j'ai devant les yeux quelques personnes concrètes. D'ailleurs pas tout à fait des personnes. Certains de mes anciens collègues (certainement pas tous) m'apparaissent comme des figurines de cire ou de bois. Ils ont des joues rosâtres, ils sourient, ils sont paternels et mesquins. Je pourrais me souvenir même de leurs noms, de leurs vêtements, de leurs adresses. Ils sont et ne sont pas, ils s'identifiaient alors avec le régime (ces gens s'identifient toujours avec n'importe quel régime), mais ils semblent éternels, indestructibles et interchangeables comme des mannequins, fabriqués d'une matière industrielle, mannequins à ressort. Rien ne peut les toucher, ils ont toujours raison, ils rebondissent dans n'importe quelle situation, ils essaient toujours d'éliminer tout ce qui se trouve sur leur chemin... Il faut s'y opposer, mais c'est difficile.

Pourtant j'ai été d'abord éblouie par cette ville, par ses églises sombres et dorées, avec des escaliers qui s'effritaient, et avec des statues qui selon l'éclairage devenaient glorieuses, menaçantes, résignées. J'ai été heureuse de pouvoir faire ce qui me plaisait, de rencontrer quelques collègues, avec lesquels il était agréable de bavarder dans un restaurant modeste et mal éclairé. Aurais-je pu éviter les conflits qui se sont créés peu de temps après autour de moi? Je ne sais pas comment, car je ne sais même pas pourquoi ils se sont créés. Quand on m'avait engagée, on savait que je n'étais pas communiste. Il aurait été absurde de me congédier plus tard à cause de cela. Mais tout était absurde à l'époque. Je pense qu'on a mal calculé les postes à l'université. A un moment, les autorités se sont aperçues qu'il y avait plus d'enseignants que d'étudiants et on a tenté de limoger les moins commodes (ou les plus vulnérables). Je n'étais pas seule dans cette situation. Un de mes amis s'est suicidé, une de mes collègues a été longtemps soignée dans un établissement psychiatrique et je ne sais pas ce qu'elle est devenue.

Il m'est difficile de ne pas m'en souvenir quelquefois — et j'éprouve toujours quelque chose de gênant, même de révoltant. Je pense que je ne pourrais jamais pardonner ce qui s'est passé. Pas seulement mes propres échecs et déceptions, mais le suicide de mon ami, le désarroi de beaucoup d'autres, le gaspillage de tout: du travail, des années; la résignation qui menait à la fin à l'indifférence...

D'ailleurs, ces semi-souvenirs (semi-amertumes?) ne sont qu'à l'arrière-plan. Peut-être m'accompagnent-ils toujours, mais ils ne sont pas seuls et ne m'inquiètent pas démesurément. C'est comme si je marchais sur deux sentiers — ou sur plusieurs. Je n'en suis consciente que par moments, mais ces moments me troublent. C'est comme si je me trouvais sur un brûlis sans issue, au bord d'un abîme invisible.

Certes, il faut pardonner, tous les manuels de bonne conduite chrétienne le répètent, mais j'en suis incapable. Peut-on vraiment pardonner? Est-ce que ça dépend de moi? De ma bonne volonté? Et peut-on être pardonné? Mais qu'est-ce que cela signifie?

Dans mon enfance, j'étais catholique croyante. Ou je voulais l'être. Je me confessais souvent. J'inventais soigneusement les péchés que j'aurais pu commettre et j'avais peur d'en oublier quelques-uns. Notre curé était sûrement étonné de m'entendre. Mais il était un peu sourd et ne m'écoutait probablement pas très attentivement. Immanquablement, il me demandait de me repentir et de réciter cinq fois *Notre père* et cinq fois *Ave Maria.* Je m'agenouillais avec ardeur sur des dalles froides et rugueuses et à mes cinq prières obligatoires, j'ajoutais encore une sixième et une septième. Puis, je me sentais honteuse. J'avais péché par orgueil du repentir et je me préparais à m'en confesser à la prochaine fois. J'aimais l'humidité obscure de l'église et ma piété était liée à l'émotion vague et enivrante de me trouver à un endroit hors du temps, hors de tout.

Depuis longtemps, je ne me confesse pas, du moins

pas à un prêtre. Et je ne vais à l'église que rarement, en dehors des offices. Je m'y agenouille encore, je prie peut-être, mais c'est trop flou pour qu'on puisse le considérer comme une piété. Je ne sais pas si je crois ou si je ne crois pas en Dieu. Sûrement pas en celui de mon enfance, et parfois, j'en éprouve une vague tristesse. Certains de mes amis sont croyants, ou du moins je le pense. Nous nous entendons bien, mais nous ne parlons jamais de religion.

La ligne de démarcation entre le bien et le mal (mais comment la trouver, la définir, la faire connaître aux autres?) n'a rien à voir avec la croyance ou la non-croyance en Dieu. J'ai connu assez d'athées honnêtes et beaucoup de croyants qui ne se privaient d'aucune saleté. Je me méfie des gens qui aiment à commettre des turpitudes pour pouvoir s'en confesser, se repentir — et recommencer. Mais qui sait? Dostoïevski, et même Żeromski ne seraient pas d'accord avec moi et j'aime pourtant leurs œuvres.

Il n'est pas difficile de ne pas commettre des actes malhonnêtes visibles et définissables. Mais comment faire avec des sentiments et des pensées? Comment ne pas éprouver le dégoût devant un menteur, comment ne pas mépriser des gens obséquieux, autoritaires et lâches? Et où est la frontière entre le sentiment, la conscience ou l'inconscient — et l'acte? Pourtant on dit qu'il faut aimer son prochain. Et qu'il faut aimer même ses ennemis. Je mentirais si je disais que je le fais.

J'imagine parfois me trouver dans des situations invraisemblables et je me demande comment j'aurais réagi. Ma "pierre de touche" est un de mes anciens collègues. Pendant la guerre, son père collaborait avec la Gestapo. Probablement pas très activement. Il invitait des Allemands à la chasse, festoyait avec eux dans une auberge où l'on faisait bonne chère et il leur donnait de petits cadeaux. Après la guerre, il affirmait qu'il l'avait fait pour pouvoir aider les partisans. Mais on n'avait jamais vu un partisan qu'il aurait aidé. En revanche il a dénoncé quelques autres convives de ces festins. Deux d'entre eux ont été arrêtés et ont passé quelques années en prison. Lui-même a occupé un poste important sous le régime communiste.

Son fils, mon collègue, ressemblait à ce père, du moins c'est ce que je me disais toujours et parfois je m'interrogeais sur l'hérédité de la mesquinerie. Il était très poli envers moi, souvent, il me montrait qu'il avait pitié de moi, car j'avais toujours des difficultés à l'université — le plus souvent à cause de lui, car je représentais pour lui une dangereuse concurrence, ce que j'ai découvert malheureusement trop tard. Il essayait de se débarrasser de moi en m'accusant (à des réunions auxquelles je n'avais pas le droit d'assister, mais où se trouvaient toujours quelques amis qui m'en ont informée) tantôt d'être trotskiste, tantôt de croire en Dieu. Il tentait même de m'attribuer un oncle en Amérique que je n'avais pas eu. A plusieurs reprises, j'aurais dû être limogée. Je ne me suis sauvée que par un miracle que j'avais du mal à comprendre moi-même. Il a donc inventé mes contacts avec une puissante, jusqu'alors inconnue organisation juive internationale qui m'aurait protégée. Pendant des années j'ai été obligée d'expliquer même à mes amis intimes que je n'étais pas d'origine juive et que je le regrettais sincèrement. Nos conflits étaient à la fin assez amusants. Je me moquais de lui ouvertement, je n'avais rien à perdre, et il me regardait avec étonnement, comme s'il était désolé et offensé. A présent, il souffre probablement à la pensée que mon traitement en France est plus élevé que le sien en Bohême.

Parfois pourtant je m'interroge. Si ce collègue avait besoin de moi, si personne d'autre que moi ne pouvait lui procurer des médicaments pour qu'il puisse guérir d'une maladie grave, si moi seule pouvais rendre un service à sa fille — le ferais-je? Je ne trouve pas de réponse et j'en suis gênée d'autant plus que j'englobe dans ces réflexions même sa fille qui était très jeune quand j'ai quitté le pays et que je connaissais à peine. Je me console en m'assurant qu'une telle situation ne peut pas se produire. Mais ce n'est pas une solution. Je ne sais pas.

A la montagne

Depuis quelques mois, j'attends chaque soir le moment de m'endormir. Pas avec impatience, ou du moins je ne me l'avoue pas. Il m'arrive d'avoir des rêves étranges que je ne cherche pas à m'expliquer, que j'accepte, presque étonnée, sans savoir qu'en penser. M'annoncent-ils une autre existence? Un bonheur que je ne serais pas capable de vivre à l'état éveillé? Sont-ils un mirage? Une promesse?

Ces rêves sont d'ailleurs assez rares et quand je m'efforce de les évoquer au réveil, ils commencent à chanceler, à se métamorphoser, je les défigure sûrement.

Ce n'est pas une fuite, un désir d'être en dehors des choses tangibles, en tout cas je ne le perçois pas ainsi. Je me suis habituée à exister, souvent même avec plaisir, surtout ici, à la montagne où je suis en train de passer mes vacances dans un émerveillement paisible.

Certes, je n'arrive pas toujours à m'accommoder de l'existence. Parfois j'ai le sentiment d'une vague étrangeté, comme si je devais être quelque part ailleurs, sans savoir où. Mais c'est un sentiment passager. J'aime les rues que je traverse, les fenêtres de la maison qui se trouve en face de chez moi, les feuilles d'arbres qui s'ouvrent, presque transparentes, au printemps sur le square à côté, et qui tombent en automne comme des carapaces et sont emportées par le vent.

Il y a aussi des moments où je suis découragée, où je me sens comme couverte de toiles d'araignée. Le plus souvent c'est à cause des choses sans importance, ou presque... Je n'ai pas donné la priorité à une vieille dame qui montait dans l'autobus. Elle a murmuré quelque chose de désagréable, j'ai essayé de m'excuser et j'ai eu honte. J'ai renversé une tasse de café dans un restaurant et je ne savais pas comment en essuyer la tache. Je n'ai pas répondu comme il fallait à quelqu'un qui m'a demandé comment aller à la gare, j'ai bégayé et l'homme s'est détourné de moi...

Parfois d'ailleurs, j'éprouve une tristesse sans raison. Je me réveille et le jour qui s'ouvre devant moi est vide. Tout ce que j'ai à faire me paraît inutile. Je m'efforce de lire, mais je ne saisis pas le sens des mots et des phrases; la montre semble s'arrêter.

Et il y a aussi des semaines et des mois effacés. Mais peut-être ne sont-ils effacés qu'en apparence. Certaines choses et certains gestes se répètent et créent l'illusion d'une permanence, d'un écran immuable et immobile, où tout est toujours le même, sans but et sens. J'essaie de me convaincre que ce n'est pas vrai, que je me trompe. A chaque moment, tout peut devenir nouveau, s'ouvrir... Mais je ne réussis pas toujours à y croire.

A côté de cela, il y a encore quelque chose d'autre. Parfois c'est comme si j'étais dans une salle d'attente. Mais il s'agit plutôt d'une antichambre. Je n'aime pas les salles d'attente — et le sentiment que j'éprouve à ces moments est plutôt agréable.

Les salles d'attente font penser à des cabinets dentaires, à des gens qui ont peur et essaient de ne pas le montrer. Ils lisent de vieilles revues qui ne les intéressent pas, ou ils font semblant de les lire. Ils sont impatients, tendus, et le temps ne bouge pas... Il y a aussi des salles d'attente à la gare, mais elles ne sont pas meilleures. Le plafond est sombre et humide, tout est sale et immobile, le train est en retard, je n'arriverais pas à temps... J'aurais du mal à monter dans le wagon avec ma valise, les marches seraient glissantes, le train serait bondé, rempli d'une odeur âcre, indéfinissable, de sueur et de fumée, je tousserais et cela dérangerait une famille bruyante et envahissante, avec beaucoup d'enfants, à côté de moi, les gens parleraient très haut, leurs voix se mélangeraient— ou il me semblerait seulement les entendre parler, car je ne comprendrais rien et je n'aurais pas envie de comprendre...

La comparaison avec une antichambre est meilleure. Une antichambre est feutrée et peut même être parfumée. Elle n'éveille pas d'inquiétude, mais elle non plus ne correspond pas au sentiment que j'éprouve. Elle indique la possibilité d'un passage d'une pièce, moins importante, à une autre, plus belle. Mais le passage fait penser à un déroulement des événements et à une succession de gestes dans le temps, et j'ai plutôt la sensation d'une simultanéité. Je suis ici — et en même temps je peux être ailleurs. Je me trouve dans une “antichambre”, mais il suffit de fermer les yeux et je suis... Je ne saurais définir où je me trouve au juste. Tout cela est assez vague et je me rends compte des inconséquences dans mes sentiments et pensées.

J’attends les soirs, la lumière tamisée de ma lampe de chevet, le moment où les pages du livre que je serais en train de lire se couvriraient d’un voile transparent et de plus en plus épais — c’est comme si je n’attendais plus, comme si j’étais déjà ailleurs, ou plutôt en même temps ici et ailleurs.

L’été passe, les jours sont lumineux et dorés, l’air rempli de senteurs humides descend des épicéas. Le matin j’arrose mes fleurs au balcon et je salue la dame qui habite à côté. Ses géraniums sont plus beaux que les miens et j’en suis jalouse. Nous regardons vers le ciel et nous échangeons quelques mots sur le temps. J’aime bien cette dame, ronde et souriante, dont je ne connais pas le nom. Son mari, assez laid et très poli, a réparé, il y a quelques jours, mon téléviseur. Je voudrais les inviter à une tasse de thé, mais je ne sais de quoi nous pourrions parler. Je pense qu’ils sont retraités. Mais que faisaient-ils auparavant? A quoi s’intéressent-ils? Je remets mon invitation à la semaine prochaine.

Puis, je vais à la boulangerie, je m’attarde dans le magasin, car l’odeur de pain fraîchement cuit me plaît. La boulangère me connaît et elle me pose des questions insignifiantes auxquelles je réponds avec plaisir. Je rencontre le facteur qui m’apporte parfois même des lettres ou une ou deux cartes postales.

Souvent, je descends dans le village qui est à deux kilomètres de chez moi. Il n’est pas nécessaire d’y descendre pour m’acheter un peu de viande et de fruits; je trouve presque tout dans une petite épicerie toute proche. Mais j’aime ces promenades le long d’un ruisseau qui brille et écume. Je marche lentement, je m’arrête. Quelques gouttes jaillissent jusqu’à moi et s’éparpillent sur des feuilles de bardane. Les branches d’un églantier se balancent dans le vent. Je suis aveuglée par la lumière qui descend des cimes.

Puis, je m’invente des choses dont je pourrais avoir

besoin, et je fais semblant de les chercher dans des magasins où elles ne se trouvent certainement pas. Je m'amuse à bavarder avec des vendeuses, à regarder des choses que je n'ai aucune envie d'acheter. Mais il ne faut pas exagérer et rendre impatientes les jeunes filles qui essaient de me conseiller, qui vantent les qualités de leurs chaussettes et l'utilité de leurs tisanes. A la fin j'achète quand même quelque chose d'inutile, une tasse, quelques bougies, plusieurs cartes postales que je choisis longuement et attentivement et qui sont toutes pareilles, car il serait difficile de fabriquer ici des cartes postales laides. Ces achats sont pour faire plaisir à la vendeuse et je ne sais pas ce que j'en ferai à la maison. Les cartes postales s'entassent désespérément sur mon bureau et je cherche vainement les personnes à qui je pourrais encore les envoyer. Souvent, j'écris ainsi à de vieilles connaissances avec lesquelles je ne suis pas du tout en contact et qui seront surprises de trouver une carte postale des Alpes dans leur boîte aux lettres. Peut-être ne sauront-elles même pas qu'elle vient de moi. Ma signature est assez illisible et ces gens ont probablement oublié mon existence. Ou ils ont changé d'adresse et ma carte ne les atteindra pas... Mais tout cela me fait plaisir.

Je traîne encore un peu dans le village où il y a plus de touristes que de paysans. Je n'ai pourtant pas l'impression d'une foule entassée. Je m'achète un beau poulet, quelques pommes, une bouteille de vin rosé et je reviens à la maison satisfaite, persuadée d'avoir fait de bons achats et de payer le vin probablement cinquante centimes meilleur marché que dans l'épicerie à côté de chez moi. C'est surtout amusant; je me moque de moi. Cette économie ne vaut pas la peine. Mes chaussures, exposées plusieurs fois par semaine à quatre kilomètres de sentier rocheux, donnent déjà des signes d'une fatigue extrême.

Je ne me sens pas seule. Quand les vacances seront terminées et que je reviendrai à Paris, je téléphonerai à deux ou trois de mes amies. Nous nous donnerons un rendez-vous au Quartier latin, nous boirons un café un peu amer et nous parlerons... Je ne sais pas de quoi nous parlerons, mais nous trouverons certainement beaucoup de sujets...

Mais il y a encore d'autres choses qui m'entourent sans que je puisse les toucher ou nommer. Elles ne m'éloignent pas de mes flâneries au marché, de mes poulets rôtis et des mes après-midi que je passe au balcon en buvant du thé, en regardant les gens qui montent sur des sentiers abrupts, et en rédigeant quelques notes (que je perdrai à la prochaine occasion) sur le livre qui est ouvert devant moi. Au contraire, être "encore ailleurs" me donne le sentiment, plus beau et plus rassurant, d'être ici, là où je suis assise, là où je me promènerai demain... Pourtant, c'est étrange.

Habituellement mes rêves sont sans importance: je me hâte quelque part et je m'égare, je ne trouve pas de réponse à la question qu'on vient de me poser, je suis enfermée dans une pièce dont il n'y a pas d'issue...

Ou je rêve des choses qui sont un prolongement des événements vécus et des lectures faites il y a deux jours ou dix ans. Ces prolongements sont un peu bizarres, sans plus. Je revis un morceau de la rencontre avec la dame qui habite à côté, mais cette dame est à la fois la même et différente. Je ne suis pas sûre que ce soit elle. C'est comme si elle se reflétait dans un miroir infidèle, fêlé, et cette rencontre me rappelle des tableaux cubistes ou des textes surréalistes. Elle ne parle pas, les gens ne parlent habituellement pas dans mes rêves, et j'essaie de deviner ce qu'elle veut dire. Je suis convaincue de l'avoir comprise, mais je n'arrive pas à lui répondre, car je ne serais pas capable d'exprimer par des mots ce qu'elle me demande. Je me sens égarée. Elle commence à se métamorphoser, à devenir le personnage d'un roman que j'avais lu il y a des années, je ne me souviens ni du titre ni de l'auteur de ce roman. Ou peut-être était-ce un autre roman que j'avais oublié. Puis, la dame disparaît et je me trouve dans un autre pays, dans une ville où je n'ai jamais été et dont je reconnais les rues. Mais les maisons sont artificielles, ce ne sont que des faux-semblants de maisons et elles peuvent se disloquer à chaque instant. Elles pourraient tomber sur moi. J'essaie de leur échapper, mais je n'ai pas réellement peur, c'est comme un jeu, je sais que tout cela n'est qu'un rêve, que je m'éveillerai et tout sera comme auparavant... Mais qu'est-ce que ça veut dire: "être comme auparavant"?

Parfois, mais de moins en moins souvent, j'ai aussi des rêves effrayants. Je me trouve au cimetière qui ressemble à l'abîme. Les tombeaux s'ouvrent, mais ils sont vides. Le ciel noir m'aveugle, je suis seule, je voudrais appeler quelqu'un, mais la voix me manque. Je serai écrasée, je ne sais par quoi... Ou je passe par un désert. Quelques squelettes de bêtes sauvages se dressent contre moi. Je marche et je ne marche pas. Puis, tout disparaît. Il n'y a plus rien, moi-même, je n'existe pas...

Je suis heureuse de me réveiller. Je touche la chaise qui est à côté de mon lit, je m'assure d'y trouver le livre que j'y ai déposé hier soir. Mais j'éprouve encore la sensation d'un abîme, d'un néant. Je reste dans le rêve qui n'est plus le rêve. Et si la vie n'avait pas de sens? J'essaie de me ressaisir. Il faut trouver quelque chose... Dommage que je ne croie pas en Dieu — ou plutôt que je ne sache pas si j'y crois ou non. J'aurais pu considérer ces rêves comme une tentation contre laquelle on lutte par la confession et par le repentir. J'ai certainement plusieurs raisons de me repentir, mais je le sens vaguement et souvent, je ne serais pas capable de définir pourquoi. En tout cas, ce n'est pas à cause de ces rêves que j'ai envie de me repentir. J'essaie de réfléchir calmement.

Si je suis, il faut que je sois. La seule chose qui importe c'est de savoir comment être. Nous ne vivons peut-être pas dans "le meilleur des mondes"... Mais qui sait? Je ne peux pas m'imaginer l'éternité et l'infini, et pourtant je sais qu'ils existent. Avec le sens de la vie, c'est pareil. Tant pis si je ne connais pas ce sens...

Je reste plus longtemps que d'habitude sous la douche, puis, j'essaie de prolonger le bavardage avec notre voisine. Nous parlons comme d'habitude des géraniums, du temps et de la prochaine réunion des copropriétaires. Mais elle est pressée, car le soir, son fils doit arriver pour passer quelques jours chez eux. Elle est fière de ce fils et elle se hâte pour préparer les gâteaux qu'il aime. Pendant quelques instants, je reste seule et je ne sais que faire. Je ne descends pas au village. Je m'assieds au balcon, je regarde les nuages argentés, trop brillants, qui arrivent à toute vitesse de l'ouest et disparaissent derrière la colline à droite.

Un moineau s'approche de la balustrade. Il voit au balcon quelques miettes qu'il voudrait picorer, mais il a peur et s'envole.

Mais j'ai aussi des rêves entourés de joie et cette joie me reste encore quand je me réveille. Des rêves remplis d'une tendresse émouvante, d'un sentiment sublime et indicible. J'éprouve la certitude d'aimer et d'être aimée, sans amertume, sans inquiétude. (Je prononce même le mot d'aimer, je le devine plutôt; à l'état éveillé, je ne le ferais pas.) C'est comme une lumière, comme une chaleur qui me touche légèrement, me caresse, quelque chose de rassurant que je n'ose pas capter. Je rencontre dans mes rêves des gens que je connais, ou plutôt que j'ai connus, il y a longtemps, mais je ne suis jamais sûre que ce soient vraiment eux; je les confonds souvent. Les gens que j'ai aimés dans mon enfance — mais c'est seulement à ce moment que je me rends compte de les avoir tant aimés — ont parfois le visage de ceux que j'avais rencontrés dix ou vingt ans plus tard. S'agit-il des mêmes personnes? Ou peut-être ne les connaîtrai-je qu'à l'avenir — ou même jamais... Mais c'est sans importance, car dans mes rêves, ils existent, ils me permettent de découvrir des choses que je n'aurais jamais connues sans eux, ils font partie de moi-même, sans eux, je ne serais jamais...

Parfois, je rêve du jardin de ma grand-mère. Ce n'est pas son vrai jardin, il s'ouvre vers des régions fantastiques qui font penser à certains tableaux du Douanier Rousseau. Ma tante bien-aimée est à côté de moi, nous cueillons des framboises et des groseilles. Je sens le parfum des feuilles qui se fanent, des fruits exposés au soleil. Je suis à l'abri, car je suis avec elle. Dans la vie, elle ne m'a jamais caressée. Ce n'était pas son habitude. Mais maintenant, alors qu'elle est morte depuis plusieurs années, elle touche mes cheveux avec une tendresse hésitante. Elle ne parle pas, mais je sais ce qu'elle veut dire et je lui réponds sans prononcer un mot. Je voudrais me blottir contre elle...

Ou peut-être suis-je dans ce jardin avec la mère d'une de mes amies, une vieille dame qui ressemble à une petite sorcière bienveillante. Elle est médecin et elle va me guérir. Mais suis-je malade? Il serait bien de rester au lit et de me faire soigner par elle. Mais il est mieux encore d'être tout simplement à côté d'elle et de savoir que je ne serais plus jamais seule. Elle m'aime et a confiance en moi, car je l'aime et j'ai confiance en elle. Est-ce moi qui ai commencé à l'aimer? Peu importe...Il me semble l'avoir toujours connue. Une lumière émane d'elle. Je suis enveloppée de cette lumière.

Ou je rêve d'être assise dans un pavillon entouré de lilas. Tout est beau et tranquille. Mais sans transition, l'image change. Je passe par une prairie couverte de grandes fleurs blanches dont se répand un parfum suave. Je cours car je sais que quelqu'un m'attend au bord de la forêt... Et puis tout se métamorphose et je me promène sur une plage. Le soleil couchant brille dans l'eau, dans une maison près de la pinède, quelqu'un regarde par la fenêtre, il va m'accueillir... Je distingue déjà son visage. Mais est-ce un de mes amis avec lequel j'ai passé quelquefois des après-midi à Prague, il y a vingt ans— ou un autre que j'ai une fois croisé à la Bibliothèque Nationale à Paris, avec lequel j'ai échangé plus tard quelques lettres et que je pensais avoir oublié par la suite? Mais peut-être est-ce quelqu'un que je n'ai jamais rencontré, qui n'existe pas. Pourtant je suis heureuse. Je sais que je ferais tout pour l'aider —mais a-t-il besoin de mon aide? N'importe, le sentiment de pouvoir le faire me remplit déjà de béatitude.

Parfois je vois dans mes rêves des ruelles étroites et escarpées d'une vieille ville. Les fenêtres gothiques des maisons grises et anxieuses me regardent. J'ai peur d'être en retard — ou d'arriver trop tôt, mais c'est une peur agréable. Les trottoirs se couvrent de pétales de roses. Ou de flocons de neige qui brillent et me caressent le visage. J'éprouve déjà le bonheur que j'éprouverai quand je serai en face de celui qui m'attend. Mais qui est-ce?

Il me semble que les ombres de quelques êtres que j'avais rencontrés autrefois à des moments différents changent, deviennent une seule silhouette qui se penche vers moi, qui me dit... Je ne serais pas capable de répéter ce qu'elle m'avait dit, je savais seulement que j'étais heureuse...

Quelquefois je le vois (lui ou un autre?) mort ou

mourant, ou j'apprends qu'il vient de décéder. Je suis accablée d'une tristesse qui n'est pas réellement triste, car dans le rêve, je sais que la mort n'existe pas. C'est seulement d'une autre façon que nous sommes ensemble.

L'émotion de les avoir vus (ou de l'avoir vu) me reste après le réveil. J'essaie de fermer les yeux et de revivre mon rêve. Mais tout a déjà disparu. D'ailleurs pas tout à fait. Je revois encore un peu, de loin, quelqu'un de très cher. Et je continue à éprouver une tendresse sublime et étrange.

Parfois, même éveillée, je m'invente des rêves. Je reste à la maison, je lis un livre qui ne m'intéresse pas beaucoup; puis, je cesse de tourner les pages. Je suis assise au balcon et je regarde vers les coteaux. Les branches d'un sapin en face bougent doucement, elles commencent à scintiller. Le temps passe. Les arbres et les sentiers se voilent de brume transparente, d'un crépuscule indécis. Un oiseau disparaît dans l'ombre. Quelques petites lumières surgissent sur la colline, les maisons se métamorphosent en illustrations de contes de fées, en quelque chose de très lointain, quelque chose qui n'a jamais été, qui m'est indiciblement proche... J'hésite à allumer la lampe. Encore un moment... Je m'imagine quelqu'un. Mais qui? D'ailleurs je n'ai pas devant les yeux une image. C'est plutôt un sentiment, une sensation comme si quelqu'un était à côté de moi. Pas ici, dans mon appartement parfumé de résine et respirant la montagne. Quelque part dans une ville que je connais à peine, dans une pièce encombrée de livres et un peu poussiéreuse. Il est un peu malade, pas beaucoup, je lui apporte du thé, je me penche vers lui, il sourit. C'est si beau que ça fait presque du mal.

Ou je m'imagine être assise dans la véranda d'un hôtel très blanc, couvert de soleil. Une ombre protège la table située en retrait. Deux jeunes gens jouent aux échecs à une autre table, et plus loin, un vieux monsieur lit son journal, ou peut-être fait-il seulement semblant de lire. Quand le garçon s'approche de lui, il fait un geste comme s'il voulait s'excuser. Puis, il continue à sommeiller. Un gazon très vert descend vers la mer, quelques pins parasols se balancent doucement, ils sont presque immobiles, le silence monte comme une odeur très pure. La mer miroite légèrement, ou plutôt je pense seulement qu'elle miroite. Un lézard apparaît au bord de la terrasse, s'arrête, regarde, disparaît.... J'attends quelque chose ... ou quelqu'un... Je n'ai pas un rendez-vous avec lui, mais je sais qu'il va venir et je suis contente qu'il ne soit pas encore là. Cette attente est indiciblement belle. Nous boirons un café, de petites cuillers d'argent tinteront, j'aurai sur la langue un goût un peu amer ...

La vallée s'est assombrie, le sentier devant mon balcon est inondé de noir. Je rentre et j'allume. Je suis de nouveau chez moi, à la montagne, et je vais me préparer une soupe avec les champignons que j'ai cueillis le matin dans la forêt, derrière une chapelle baroque où j'aime à me promener. Il sera agréable de manger cette soupe bien chaude, épicée et parfumée. Il fait déjà un peu froid. Puis, je lirai un livre dont j'ai promis d'écrire un compte rendu. Et vers minuit, je m'endormirai.

Hier

Je sais que je suis antipathique à certaines personnes. Ou plutôt je le sens vaguement sans y prêter trop d'attention. Seulement par moments, j'en suis désemparée. Pas beaucoup. Je m'y suis habituée. Je n'en parle jamais. A quoi bon? Qui pourrait le comprendre? Moi-même, je ne le comprends pas. Je ne sais pas pourquoi les choses se sont développées ainsi (se sont-elles développées ou étaient-elles toujours ainsi?), et depuis longtemps, je ne cherche plus à le savoir. Parfois, je me dis que je me trompe peut-être. Et puis quelqu'un me le confirme. Par un geste, par quelque chose qui m'est clair, mais que je n'arrive pas à définir. Je me rassure: On ne peut pas plaire à tout le monde — et ceux qui essaient de le faire déçoivent à la fin leurs amis. En voulant savoir pourquoi certaines personnes ne m'aiment pas, je serais probablement tentée de me justifier. Ce serait inutile, il y a des choses qu'on ne peut pas expliquer. Peut-être, le scrutant trop attentivement, deviendrais-je un peu ce que l'on pense de moi. Mais je ne sais pas ce que l'on pense... Et je veux être moi, pas l'image qu'on se fait de moi. Mais comment saisir ce que je suis? Je reste déconcertée. Par moments, il me semble que tout ce qui m'entoure n'est qu'un malentendu. Je n'appartiens nulle part. C'est tout.

Les gens sont plutôt indifférents qu'hostiles. Pourquoi quelqu'un devrait-il s'intéresser à moi? Pourtant, de temps en temps, quelqu'un essaie de m'avertir en secret. Quelqu'un aurait dit que quelqu'un d'autre aurait pensé... L'autre jour, la fille de nos voisins m'a fait comprendre presque sans ambages qu'une personne qu'elle ne pourrait pas nommer, mais qu'il serait facile d'identifier, me détestait. Pourquoi? C'était sans importance. La dame qui habite en face m'a prévenue vaguement que je devrais faire attention à quelqu'un, car... Le plus souvent, je ne connais pas les gens dont il s'agit, je ne sais à qui on fait allusion. Peut-être ai-je rencontré certains d'entre eux deux ou trois fois dans la rue ou dans l'autobus, mais je ne suis pas consciente d'avoir jamais parlé avec eux. En tout cas je ne m'en souviens pas.

Quand je reviens à la maison, j'essaie de cacher mes mésaventures, mais ma mère les devine et en est embarrassée. Elle cherche à se convaincre (à me convaincre?) que les gens sont injustes et méchants, qu'ils sont peut-être jaloux de moi. Mais mon Dieu, pourquoi devrait-on être jaloux de moi? — Ou elle s'efforce de m'expliquer que j'ai tort, que je ne suis pas assez polie, que je regarde les gens de façon désagréable, qu'ils peuvent penser... Je ne sais ni comment je regarde les gens ni comment je pourrais les regarder autrement. Je n'ai rien à répondre et nous commençons à parler d'autres choses, ou plutôt nous nous taisons, car nous n'avons rien à nous dire.

Une fois, j'en ai parlé avec un collègue. Il est au courant. Lui non plus ne peut me l'expliquer. Est-ce que je suis dans une situation différente des autres? Suis-je à mes collègues et à nos voisins vraiment plus antipathique que les autres filles ou garçons? Et comment le changer?

Ce collègue semble avoir de l'amitié pour moi (amitié prudente sur laquelle je ne me fais pas d'illusions) et il voudrait probablement m'aider. Du moins un tout petit peu. Nous réfléchissons ensemble. Il me conseille de faire quelques "bonnes actions". Mais nous ne sommes pas capables de définir ces "bonnes actions". Adopter un enfant abandonné? Fonder une association pour aider les vieilles personnes seules? J'essaie de m'imaginer de telles bonnes actions et je suis effrayée: Je traîne derrière moi un gamin pleurnicheur, tel que je les vois quelquefois dans les rues. Il hurle. Les gens se détournent. Il tire la langue. Il veut que je lui achète un ourson, et quand je le fais, il le jette dans un caniveau. En tentant de le dompter je perds mon porte-monnaie, quelqu'un me l'avait volé peut-être. Je ne sais que faire. Une vieille dame se scandalise, en m'accusant de maltraiter un pauvre enfant. Quelques autres vieilles dames s'arrêtent et je m'attends à ce qu'elles m'insultent. Je raconte cette scène à mon collègue comme si elle s'était réellement passée, et j'ajoute encore d'autres détails. Nous nous amusons...

Et les vieilles personnes? Je connais une vieille dame qui habite à côté de chez nous et dont j'ai un peu peur. Elle est méfiante et avare. Elle n'ouvre qu'à sa nièce qui doit frapper à sa porte d'une façon convenue. Une fois, la vieille dame a versé un seau d'eau sur le facteur qui, espérant obtenir les étrennes, lui apportait un calendrier. Je ne me risquerais pas...

Je ne suis pas douée pour faire de bonnes actions. D'ailleurs les "bonnes actions", ostentatoires et calculées, me paraissent suspectes. Pourtant j'ai une mauvaise conscience; cela ne me disculpe pas. Mais ai-je vraiment envie d'être sympathique à tout le monde?

Certaines personnes ne me sont d'ailleurs pas non plus agréables; je ne me trouve pas à l'aise à côté d'elles et parfois il me serait difficile d'expliquer pourquoi. Je voudrais qu'elles ne le sachent pas et je le dissimule comme je peux. Mais elles en sont sûrement conscientes et elles m'en veulent probablement. Je les évite.

Le désir de m'écarter de certaines personnes ne date pas d'hier. Je le connais depuis toujours. Je l'ai découvert quand j'allais encore à l'école primaire. Mais à l'époque c'était un sentiment très mélangé et je ne savais pas si je cherchais à éviter certains garçons et filles, car ils me déplaisaient — ou car j'étais déçue de ne pas être comme eux.

Il y avait plusieurs riches commerçants et industriels dans notre ville. Leurs enfants allaient à l'école avec moi, mais ils étaient différents. Ils jouaient au tennis, revenaient des vacances bien bronzés, semblaient s'amuser, rire, avoir toujours raison, être supérieurs dans un certain sens... Quand ils passaient sur le trottoir, ils ne cédaient pas la place aux autres et personne ne le leur reprochait.

Tout cela m'était inaccessible. Quand j'essayais de m'exposer au soleil, je ne devenais pas bronzée, mais mon nez commençait à évoquer un morceau de pâte feuilletée. Et mon rhume des foins me rendait les yeux rouges comme ceux d'un lapin angora. J'étais maladroite et je n'aurais pas pu jouer au tennis aussi bien qu'eux. D'ailleurs on considérait alors ce sport comme un privilège de gens aisés et j'y aurais été tout à fait déplacée avec mes chaussures usées et mes jupes toujours trop grandes, pour que je puisse les porter pendant plusieurs années. J'ai été trop timide pour rire à haute voix, je n'aurais jamais osé obliger quelqu'un à me céder la place sur le trottoir. Etais-je jalouse de ceux qui étaient capables de faire tout cela? Je ne me le serais pas avoué... En tout cas, je n'aurais pas pu être comme eux, il fallait donc que je fusse tout à fait différente. Ainsi me sont-ils devenus désagréables — et plus tard je leur suis certainement devenue antipathique à mon tour. Ou même avant. C'était peut-être un malentendu, mais pendant longtemps je ne m'en suis pas débarrassée. Et maintenant? Je ne sais pas.

A l'époque, je me disais que c'était "la jeunesse dorée" et je les méprisais un peu, ou je voulais me convaincre de ne pas m'intéresser à eux. Quand j'avais treize ou quatorze ans, j'ai été en effet plongée (clandestinement) dans la lecture de Tolstoï et de Zola et j'ai été prête à croire que les riches étaient coupables d'être riches.

Mais j'hésite. Ce dont je viens de me souvenir n'est pas tout à fait vrai. Les jeunes gens de ma génération étaient désagréables et arrogants quand ils étaient en groupe ou quand ils pensaient être regardés par quelqu'un à qui ils voulaient montrer leur supériorité. (Parfois, j'ai été moi-même leur cible, car j'avais habituellement de meilleures notes qu'eux et ils me trouvaient probablement ridicule.) Mais je n'étais pas séparée d'eux. Nous fréquentions la même école. De temps en temps, j'ai été invitée à goûter dans une villa assez somptueuse, cachée dans l'ombre de vieux tilleuls qui me faisaient rêver. J'acceptais ces invitations avec plaisir. (C'est seulement après être revenue à la maison, que je me demandais si j'aurais dû accepter cette invitation avec un tel plaisir.) Ainsi ai-je passé quelquefois un après-midi avec une fille qui appartenait à cette "jeunesse dorée". Mais quand j'étais seule avec elle, elle était différente de la même jeune fille qui riait bruyamment à l'école et utilisait des mots vulgaires quand elle était avec les autres. A la maison, elle était gentille. Certes, j'avais toujours un peu peur d'un grand chien noir qui était assis à ses pieds, elle s'en rendait compte et cela ne lui déplaisait pas, mais elle ne le montrait pas trop.

La villa se trouvait à trois kilomètres de la ville, on

m'y amenait en voiture. J'aurais voulu que le trajet dure le plus longtemps possible. La jeune fille m'accueillit dans sa chambre à elle. Tout y était un peu rosâtre, un peu couleur ivoire, un parfum émanait des meubles. La femme de chambre nous a apporté du thé et des gâteaux. Nous avons parlé de l'école, des vacances, des récits de Karel Čapek... Puis, le chauffeur m'a ramenée à la maison.

Je ne sais pas ce que cette jeune fille est devenue. Tout a été bouleversé par la suite. Mais sous un autre régime et dans d'autres conditions, une nouvelle "jeunesse dorée" a surgi. Elle ne se composait plus des enfants de riches commerçants et industriels (mais qui sait?), mais des communistes militants qui, eux aussi, étaient arrogants, vulgaires et "avaient toujours raison". Quand ils étaient seuls à la maison, ils étaient, peut-être, eux aussi, gentils et l'on aurait pu parler avec eux. Mais je n'avais plus l'occasion de les fréquenter et seul un sentiment de malaise me reste.

La "jeunesse dorée", vulgaire, suffisante et autoritaire, n'est pas délimitée dans le temps (de nos jours, tout le monde est "jeune" jusqu'à un âge indéterminé) et elle n'est pas liée à un seul système politique et économique. Dans mon enfance, elle se recrutait de préférence dans les familles aisées, puis, elle affichait des "idées progressistes" et se vantait de "l'origine ouvrière", mais elle pourrait aussi devenir porte-parole des militants catholiques ou protestants, des dissidents... Elle est guidée par le complexe d'une meute où personne n'a une responsabilité individuelle et où tous ceux qui y appartiennent ont raison. Mais tout cela cache peut-être un vide. Dommage qu'on ne puisse les rencontrer à la maison, regarder avec eux les arbres qui s'enfoncent dans les ombres...

Je n'arrive pas à appartenir à un groupe. C'est probablement là la raison des antipathies que j'éveille. Je n'ai pas choisi cette attitude, au contraire. Autrefois j'aurais voulu "être avec les autres". Deux ou trois fois, j'ai passé un après-midi de dimanche avec notre classe en dehors de la ville.

Une fois nous sommes allés nous baigner dans un

étang proche. Mais tout s'est gâté. Il y avait trop de moustiques, le sentier était glissant, l'eau était froide et trouble, je ne savais à qui m'associer, de quoi parler...

Une autre fois, un garçon a invité toute la classe à faire cuire ensemble des pommes de terre au bord de la forêt. Il a promis de prendre sa guitare, et un autre garçon s'est proposé d'apporter son accordéon. Quand ils en ont parlé, j'étais à côté d'eux dans le corridor de l'école, il allait de soi que je pouvais participer à cette excursion. Ça m'a fait plaisir, mais je le redoutais un peu. Et puis, j'ai été gênée. Les pommes de terre que nous avions fait cuire, étaient restées crues, immangeables. Je faisais tous mes efforts pour les avaler et pouvoir affirmer qu'elles étaient excellentes, mais je me suis seulement brûlé les lèvres.

Quand j'essayais d'être avec les autres, il y avait toujours quelque chose qui ne marchait pas. J'avais des chaussures soit trop grandes, soit trop serrées, il faisait trop chaud, j'avais soif — ou il commençait à pleuvoir et je revenais à la maison avec un rhume.

Je ne suis à l'aise qu'en face d'une seule personne — et encore. Ou je peux présenter un exposé devant une salle, mais j'ai toujours le trac.

Depuis longtemps, je me suis résignée.

D'ailleurs j'ai aussi quelques amis et il y a même des personnes avec lesquelles j'aime à bavarder, sans les considérer comme de vrais amis. Comme par exemple le collègue qui essaie de me conseiller comment m'arranger pour ne pas être antipathique et pour ne pas me trouver constamment en conflit avec nos autorités. Parfois nous nous donnons un rendez-vous dans un café. Nous nous racontons des blagues, le temps passe vite. Souvent, je suis obligée de payer son café. Il prétend avoir oublié son portefeuille. Mais il est avare et il sait que je le sais. Nous en rions ensemble.

Je l'aime bien, mais je n'ai pas confiance en lui. Il ferait tout ce qu'on lui dirait, ce que n'importe qui lui dirait, car il veut s'entendre avec les autres — et surtout ne pas se heurter à quoi que ce soit. Je ne lui cache pas ce que je pense de lui et il l'accepte comme une plaisanterie. Ça lui confirme d'ailleurs ma maladresse. Il m'explique qu'il ne faut pas être trop sincère. Il est souhaitable de flatter de temps en temps quelqu'un... A la fin je suis contente de me retrouver seule.

Mais j'ai également de vrais amis. Du moins je le pense. Parfois je me trompe. Quelqu'un que j'avais considéré comme proche, a fait un geste incompréhensible, a menti, n'a pas fait ce qu'il avait promis et que j'attendais avec plaisir et impatience. (Il ne savait probablement pas que j'y tenais beaucoup, mais comment a-t-il pu ne pas le savoir?) Ou tout simplement, d'un seul coup, il m'a paru lointain, étranger. Quelque chose a grincé, rien n'était plus comme auparavant. D'habitude, il ne s'agissait pas de choses trop importantes. (Qu'est-ce qui est d'ailleurs important à la longue?) Il me serait souvent même impossible d'expliquer les raisons de ma déception. Nous continuions à nous fréquenter, à bavarder dans un café, à aller ensemble au théâtre. Mais un morceau de vide s'est installé entre nous.

Je déçois sûrement, moi aussi, certaines personnes qui avaient des sympathies pour moi. Je ne sais pas par quels actes ou gestes. Ou plutôt je ne sais pas avec certitude si je les déçois. C'est seulement une impression qu'il serait difficile de définir. Apparemment, rien d'extraordinaire ne se passe. Toutefois je suis triste, je voudrais m'excuser, mais je ne trouve pas de mots. Est-ce ma faute? Ou est-ce normal? Est-ce une des formes de la communauté humaine à laquelle personne n'échappe? Pourtant je me sens un peu coupable quand je rencontre quelques-uns de mes anciens amis. Il m'est souvent impossible de décider si mes rapports avec certains collègues que je fréquentais (et que je continue souvent à fréquenter, mais avec des sentiments différents) se sont métamorphosés car ils m'ont déçue — ou car je les ai déçus moi-même. Les deux choses vont probablement ensemble — et sont inévitables. Je voudrais y remédier, mais je ne sais pas comment. C'est comme si je me trouvais devant un mur qui se serait dressé à mon insu.

Ce n'est d'ailleurs pas vrai dans tous les cas. Il y a des gens que j'ai aimés, que j'aime. Du moins j'en suis convaincue. Quelques êtres proches me restent. En réalité, plusieurs d'entre eux sont morts et ceux qui vivent encore, se trouvent parfois dans d'autres villes ou d'autres pays et je ne les vois que rarement. Nous ne nous écrivons presque pas, mais je suis avec eux. Quand nous nous rencontrons, nous pourrions continuer la phrase que nous avions commencée, il y a des années.

Avant de m'endormir j'essaie de m'imaginer les visages de ces amis.

Une visite

Le salon est en dehors du temps, il peut être ici ou là, n'importe où. Une lumière diffuse miroite, s'assombrit, s'éclaircit, s'éteint. Les ombres sortent des rideaux. Le silence se détache des murs, flotte légèrement, remplit la pièce d'une nostalgie qui n'est pas triste, un peu mélancolique peut-être, émouvante et presque agréable; quelque chose d'insaisissable, de précieux émane des meubles. Un bouquet de roses couleur thé se fane sur le bureau.

Anne est assise, immobile, dans un fauteuil lourd, au tissu usé et un peu effiloché. Elle l'a hérité de sa grand-mère — comme tout ce qui se trouve dans cette pièce. Ou peut-être ce fauteuil vient-il de son arrière-grand-mère, ou arrière-arrière-grand-mère... Il est trop grand et peu commode. Elle l'aime car il y a quelque chose de stable dans son dossier et dans ses accoudoirs. Ce n'est pas une stabilité matérielle. En réalité il est à coup sûr vermoulu et pourrait s'effondrer à n'importe quel moment. Mais il crée le sentiment d'une pérennité: le passé n'existe pas, tout ce qui a été reste. Le fauteuil semble porter une empreinte des temps anciens, mais s'ouvre aussi vers une incertitude: ces temps anciens ont-ils jamais existé? On a besoin de se souvenir de ce qui n'a pas été...

Il suffit de fermer les yeux et elle devient une autre, s'identifie à sa grand-mère qu'elle connaissait à peine et dont elle avait toujours peur. Elle se métamorphose en quelqu'un dont elle avait vaguement entendu parler, en une des amies de sa famille lointaine, en une de ses cousines mortes. Aujourd'hui, elle pense, qu'elle a aimé sa grand-mère, mais elle n'en est pas sûre. Elle a plutôt besoin de se souvenir d'elle, de se recréer son image, mais cette image est certainement infidèle.

Elle est vêtue de vert — d'un vert éclatant ou sombre? — qui fait une tache sur l'arrière-plan d'une couleur indécise entre gris argenté et ocre. Elle regarde par la fenêtre et tout s'embrouille de nouveau. Les toits qu'elle voit peuvent être de Rome, de Paris, de Prague ou d'une ville qu'elle ne connaîtra jamais. Etait-ce hier ou au siècle dernier? Mais peut-être est-ce seulement un décor de l'opéra qu'on a oublié de jouer, ou un tableau...

La pièce est remplie d'une attente. En réalité, Anne attend toujours quelque chose, tout le monde attend toujours quelque chose, on ne peut pas exister autrement. Il faut seulement que cette attente ne soit pas angoissée, qu'elle soit acceptée et devienne normale. Elle y arrive, ou presque, et ça lui donne une ombre de plaisir. Mais aujourd'hui cette attente a une forme tangible. Son cousin lui a téléphoné qu'il viendrait peut-être la voir. Peut-être, comme tout est avec lui — ou avec tout le monde? — seulement "peut-être"... On s'y habitue. Mais elle a préparé deux verres à porto et quelques biscuits.

Il pleut, le temps est humide et comme effacé. Les contours des choses se voilent dans une pénombre de velours. On aurait envie de se faire bercer, de sommeiller dans une atmosphère tamisée où tout est — et en même temps n'est pas, où tout devient à la fois irréel et possible.

Autrefois, elle s'imaginait aimer ce cousin, mais elle cherchait plutôt un sentiment, l'amour, quelque chose qui serait devant elle. Il était beau d'être un peu inquiète, un peu enivrée... Tout s'est éteint, il y a très longtemps. Quelques souvenirs qui en restent rappellent des photographies jaunies et il serait même difficile de les situer dans le temps. Parfois, il lui semble se souvenir de ce qui s'est passé, il y a cent ans, et même plus.

Elle se voit dans un temps lointain. Elle monte un escalier sous un éclairage éblouissant. Elle a une robe écrue en dentelle, avec un décolleté qui lui paraît osé. Elle la porte pour la première fois et elle ne se sent pas à l'aise. Mais c'est une très belle robe. Un vieux collier de grenats que sa tante lui a prêté pour cette occasion la gêne. Il est lourd et froid, elle n'est pas habituée à porter des bijoux. Elle a peur de le perdre et essaie de le toucher de temps en temps. Une vieille dame se retourne et l'observe un moment. Faut-il la saluer? Elle ne la connaît pas vraiment, peut-être l'a-t-elle déjà rencontrée, mais elle ne se souvient pas quand et où. Elle fait donc semblant de ne pas s'en apercevoir. Puis, un monsieur, pompeux et solennel, la regarde quelques instants. Elle se détourne, mais pas tout à fait. C'est curieux... Elle est un peu incertaine et tout lui plaît. Son cousin l'accompagne, il est à deux pas derrière elle, il porte un très bel uniforme — est-ce un uniforme des années trente? Ou un uniforme des tableaux noircis et dorés qui sont accrochés depuis plus de deux siècles sur les murs incroyablement blancs de ce château où elle se trouve comme par hasard, entre des siècles d'autrefois et un présent difficile à saisir? Il va la présenter à un de ses amis, ils vont danser. Mais elle ne danse pas très bien.

Il lui semble reconnaître une amie de sa mère. Elle essaie de la saluer, mais la dame ne s'intéresse pas à elle. C'est d'ailleurs sans importance. Les glaces se reflètent dans les glaces. La salle s'ouvre à l'infini. Tout se multiplie. Elle ne reconnaît pas son propre visage. Il faut qu'elle fasse un geste de main pour s'assurer que la jeune fille qui la regarde est elle-même. Mais peut-elle en être tout à fait sûre? Les portraits des dames en crinolines et des chevaliers en uniformes brodés d'or descendent des tableaux, entrent dans les glaces et se mêlent aux invités. Commencent-ils à danser les uns avec les autres? Et avec qui danse-t-elle? Ou tout cela n'est-il qu'une illusion? Des voix se perdent dans une musique qui arrive de loin. Un bourdonnement discret, parfumé, inonde la salle. Quelques tintements de verres. Elle boit du champagne, qui lui monte à la tête, et prend deux petits-fours dont elle ne sait s'ils lui plaisent ou non. Elle échange quelques mots et quelques sourires avec des personnes qu'elle ne connaît que vaguement, ou pas du tout. Puis, d'un seul coup, tout se ranime, l'air devient plus chaud, elle est chez elle, appartient à ces gens qui sourient, s'inclinent, polis et bienveillants, à ceux qui sont arrivés quelques instants auparavant dans des taxis, et à ceux qui sont descendus des tableaux. Elle leur est reconnaissante... Mais c'est une appartenance irréelle.

Elle est enivrée, excitée, mais elle a déjà devant les yeux la fin de cette fête, la robe froissée, avec une tache de vin.... Pourtant, tout est beau. Fêter, c'est être ailleurs. Mais où? C'est comme si elle découvrait à la fois une lumineuse plénitude, une jubilation — et l'absence de quelque chose de précieux. De quelque chose d'insaisissable... Elle se répète avec Rilke "ich feiere..." Et elle pense à Nietzsche, à sa "tiefe, tiefe Ewigkeit" de la joie. Tout cela l'attire et lui échappe en même temps. Et si la fête n'était qu'une surface... ? Surface de quoi?

Puis, elle se promène avec un jeune homme dans le parc, peut-être plus vieux encore que le château même. Quelques étoiles brillent au-dessus des arbres qui sont très noirs, touffus et dont les branches se balancent légèrement. Deux fontaines scintillent dans les ombres et attirent des papillons de nuit. Le jeune homme à côté d'elle lui raconte quelque chose d'agréable, ou du moins elle en est persuadée, car elle ne l'écoute pas réellement. Elle ajoute quelques mots à la conversation sans savoir de quoi ils parlent. Mais il ne s'en aperçoit pas. Ils se promettent de se rencontrer la semaine prochaine dans un café. Elle n'y tient pas, elle ne sait pas de quoi parler avec lui, mais elle est contente de le revoir...

C'est à regret qu'elle rentre à la maison. Son cousin s'installe avec elle dans un taxi. Tout devient confus et sombre. Ils passent par une ville endormie, puis, elle se retrouve seule dans sa chambre, plongée dans une lumière grisâtre. Les meubles lui paraissent étrangers, comme si elle s'était réveillée à un endroit avec lequel elle n'avait rien à voir. C'est un sentiment du vide. Elle regarde encore par la fenêtre, les étoiles sont peut-être les mêmes, mais peut-être ne le sont-elles pas...

A-t-elle connu encore d'autres rencontres, belles et gravées à jamais dans sa mémoire, avec ce cousin? Certainement, mais à présent, elles restent dans l'ombre. Elles ressusciteront peut-être un autre jour. Ou jamais...

La silhouette de son cousin se décompose devant elle en plusieurs silhouettes approximatives et évanescentes, elle ne sait plus si c'est toujours le même homme ou s'il se double de quelqu'un d'autre. A un moment, elle ne peut plus se rappeler son visage et elle en reste interdite. Mais ce sentiment passe.

Elle l'attend toujours avec plaisir, elle se réjouit de le revoir, mais quelque chose grince. C'est comme si elle n'avait pas confiance en lui. Il est d'ailleurs difficile de le dire ainsi et elle n'arrive pas à trouver le juste mot pour saisir ce qu'elle éprouve. Il y a des endroits morts entre eux et ces endroits apparaissent de façon imprévue. Par moments, elle a un langage commun avec son cousin. Ils se moquent de leurs amis pompeux, des bêtises des autres, du temps qui est absurde et qu'il ne faut pas prendre au sérieux. Une irresponsabilité désinvolte et presque agréable se répand autour de lui. Pas nécessaire de se soucier de quoi que ce soit. Tout s'arrangera à la fin. Et puis, d'un seul coup, c'est comme si elle se trouvait devant un mur. Ou plutôt devant un espace indéfini qui pourrait être aussi un vide. Il y a quelque chose de fuyant et d'inachevé dans les comportements de ce cousin. Ou dans ses sentiments? Mais connaît-t-il vraiment des sentiments? Il semble rester toujours à la surface de tout. C'est cela qui la rend incertaine. En réalité une incertitude est plutôt une partie de son être à lui. Mais il ne s'en aperçoit pas. C'est elle seule qui le voit — et n'est pas capable de le lui dire. Elle en a honte, se sent entraînée dans un monde sans contours. Mais elle continue à l'inviter, à se réjouir de le revoir, car les gens sont peut-être ainsi et l'on ne peut pas les éviter; il faut accepter tout cela, exister comme les autres. Mais qu'est-ce que ça veut dire "exister comme les autres"? Il lui semble tenter quelque chose de hasardeux et d'incompréhensible.

Parfois, quand elle est avec son cousin dans un café, ils parlent agréablement, ils s'amusent — et d'un seul coup, elle éprouve une sensation bizarre comme si elle était assise en face d'un mannequin. Il est partiellement de bois, une partie de son visage devient un masque, ses doigts sont artificiels, c'est comme si sous son veston il n'y avait que du papier mâché. Il est comme s'il n'était pas. Les murs du café se changent en décors d'un théâtre de mauvais goût, le garçon qui s'incline devant eux a l'air suspect d'un évadé — mais évadé d'où, et quand? Les gens autour d'eux cessent d'avoir des visages et s'enfoncent dans des ombres douteuses. Elle a l'impression de parler encore, mais elle ne sait plus ce qu'elle dit. Son cousin la regarde et elle a peur, pas une peur concrète, rien ne peut lui arriver. Mais qui sait? Il n'y a rien de stable. Les murs pourraient s'évaporer et on ne s'en apercevrait pas. Elle se persuade d'être toujours dans un café quelconque, à un endroit sûr, mais des vagues d'une sensation chancelante remplissent la pièce; tout devient dangereux et approximatif. Elle essaie de toucher la table, d'approcher la tasse de ses lèvres, de faire un geste. Mais elle est comme paralysée...En quelques instants, l'image s'efface, rien ne se passe. Ils continuent à parler.

Elle ne se méfie pas réellement de son cousin. Il ne voudrait pas lui nuire, il ne voudrait nuire à personne. Il n'aime pas les scandales, il évite les conflits et les explications inutiles. On peut être tranquille là-dessus.

Le temps passe. L'après-midi s'éparpille, se dissout. Elle devient impatiente, se lève, fait quelques pas, arrange les fleurs dans un vase. Peut-être ne viendra-t-il pas aujourd'hui. Mais il peut toujours venir demain ou après-demain, ils n'ont d'ailleurs rien à se dire. Mais elle est un peu déçue. Elle voudrait se mettre au travail, il faut qu'elle corrige encore quelques pages d'un manuscrit qui doit être publié dans le prochain numéro de la revue à laquelle elle collabore. Mais ce n'est pas urgent, l'article déborde d'érudition et est assez ennuyeux. Elle préfère regarder par la fenêtre, mais même cela est inutile, car elle ne sait plus à quoi penser ni de quoi se souvenir.

Quand la sonnette retentit elle se précipite à la porte avec un plaisir dont elle est surprise elle-même.

Puis, l'après-midi se déroule comme il faut. Un homme brun, élégant est assis en face d'elle. Ils parlent de rien et de tout. Il raconte des histoires amusantes dont il est le héros, mais discrètement, sans choquer. Et il se moque un peu de lui-même, pas sérieusement. Il le fait toujours quand il est dans une société. C'est pour divertir ses convives, se rendre agréable. Il aime à être écouté. Et apprécié. Mais il ne le montre pas trop car il est bien élevé.

Ils rient par moments. Sa voix crée une atmosphère feutrée qui s'incruste dans les meubles, dans les rideaux. On pourrait s'endormir sans le savoir. La réalité cesserait d'exister, ou plutôt on ne saurait plus qu'il y a une réalité. Mais on ne le sait peut-être jamais avec certitude...

Et pourtant... Elle a un frisson, un malaise. Ce cousin poli et élégant a-t-il collaboré avec la Gestapo? Peut-être était-il seulement un des membres actifs de la NSDAP, d'ailleurs pas très actifs. Il n'avait certainement pas envie de torturer qui que ce soit, peut-être n'avait-il même dénoncé personne — si on ne le lui avait pas demandé. Et si on le lui avait demandé, il n'en serait pas responsable. Mais le lui avait-on demandé? Et qui? Tout reste dans le brouillard. Elle ne pourrait rien en dire de concret. Il y a seulement des ombres, quelque chose de suspect... On sait d'ailleurs que la plupart des dénonciations ont été obtenues par force — peut-être toujours et partout. Il y a tant de choses inventées, fausses, insaisissables... On ne peut plus s'orienter dans tout ce qui a été et ce qui n'a pas été. Il n'aime pas en parler. Peut-être en a-t-il un peu honte. Mais plutôt il a déjà tout oublié. Ce qui est oublié n'existe pas. D'ailleurs il n'était pas pire que les autres.

Ou peut-être collaborait-il avec la police secrète communiste. Pas par conviction. Est-ce que les gens ont encore des convictions aujourd'hui? Ce serait ridicule... On n'est plus si naïf. Maintenant, il a une situation confortable dans un ministère. De gauche? De droite?

La conversation continue comme reflétée dans deux miroirs. Ils rient, ils évoquent des amis communs, même quelques membres de leur famille qui ne vivent plus. Il la flatte un peu. Ils boivent à la santé des gens qu'ils avaient connus autrefois. Le salon se plonge dans une atmosphère soyeuse, caressante, le porto les échauffe, son cousin semble vraiment s'intéresser à elle et elle en est presque émue. Mais en même temps elle est irritée. Pas contre ce cousin, elle n'a jamais rien attendu de lui — mais contre elle-même. Pourquoi éprouve-t-elle un plaisir en présence d'un homme qu'elle n'apprécie pas?

Puis, elle cesse de s'occuper de ses sentiments et se laisse bercer par les mots, par les rires, par le tintement de verres. Elle lui raconte des choses sans importance qu'il écoute attentivement, qui ne l'intéressent pas (mais il ne le montre pas et c'est déjà rassurant) et qu'il oubliera demain. Tout est à la surface, mais si l'on est prudent, on ne se blesse pas. Il suffit de ne pas trop penser.

Il l'invite à passer quelques jours à la montagne. Ils y trouveraient deux ou trois amis communs, ce serait très gai. Elle voudrait accepter. Elle est toujours trop seule. Elle s'imagine des soirées dans un petit restaurant qui sent le bois. C'est un chalet perdu dans la neige, quelques étoiles miroitent au ciel, l'air est parfumé de froid. Le feu craque légèrement, une fumée monte de la soupière, les ombres s'allongent... Mais elle ne répond pas. Comment le dire? Elle ne trouve pas de mots. Le silence se prolonge. Mais avec lui, le silence n'est jamais trop gênant. Il la regarde avec une compréhension. Tout le monde l'a toujours apprécié à cause de cette compréhension (semblant de compréhension? indifférence?). C'est là son charme. Il lui sourit et l'assure qu'il n'est pas nécessaire de se décider tout de suite, ils se téléphoneront dans quelques jours. Tout est si facile avec ce cousin.

Elle sait déjà qu'elle n'acceptera pas cette invitation, mais elle le regrette à l'avance, ou plutôt elle est désemparée. Elle sera encore plus seule qu'auparavant. Les gens disparaissent, pas seulement en mourant. Les morts sont souvent plus présents que les vivants.

Le cousin prend congé. Il lui baise la main, il dit quelque chose de gentil. Elle éprouve un léger désarroi, mais elle ne le montre pas. Et puis ce cousin n'existe plus, comme s'il n'avait jamais existé. Mais c'est une illusion. Une tristesse incompréhensible reste derrière lui. Quelque chose de cassé, un vide...

Les ombres s'épaississent, le salon devient noir, il fait presque froid.

L'héritage de ma grand-mère

Je passe quelques jours chez ma cousine. Elle habite à la campagne, dans la maison de ma grand-mère, et je suis contente de me retrouver à dix kilomètres de ma ville natale, ville où je ne désire pas revenir, où je ne reviens jamais, mais qui m'attire sans que je sache pourquoi. Il serait bien de voir de loin ses toits, la fumée qui monte des cheminées... Mais à quoi bon? Je n'y connais personne...

D'ailleurs je ne pourrais pas voir d'ici les toits de ma ville natale. Elle se trouve derrière une grande forêt, verte, noire et humide; pour y arriver, il faudrait traverser trois villages dont les maisons se lézardent et se dépeuplent, et passer par plusieurs prairies parsemées d'étangs et de ruisseaux. Cependant quelque chose demeure.

Peut-être la maison où je passe mes vacances appartient-elle à ma ville natale, mais je ne m'en rends compte que maintenant et avec hésitation. Autrefois, elle me paraissait ailleurs. Depuis plusieurs années, je n'ai visité ni ma ville natale, ni la maison de ma grand-mère et je ne suis par sûre d'y déceler encore des endroits qui me soient proches. J'ai été surprise d'avoir accepté l'invitation de ma cousine avec plaisir. Mais aussi avec inquiétude. Tout est si loin...

Dans mon enfance, nous allions assez régulièrement chez ma grand-mère. En été une ou deux fois par mois, en hiver moins souvent. A présent, ces visites deviennent tangibles, s'approchent de moi, créent une illusion comme si j'avais été presque toujours dans son jardin, devant sa maison, jouant avec ses lapins, évitant son chien noir et menaçant. Mais je sais que ce n'est pas vrai. Non seulement je n'y étais que de temps en temps et ces visites se sont d'abord peu à peu espacées, puis arrêtées, il y a très longtemps, mais je ne sais même pas si j'étais autrefois vraiment à l'aise chez ma grand-mère, si je voulais que ces temps reviennent.

Quelque chose d'infranchissable se dressait entre elle et les autres. Il y avait d'ailleurs quelque chose d'infranchissable entre tous les membres de ma famille. Il n'y avait pas d'intimité entre nous. Chacun restait seul, un peu incompréhensible, un peu étranger.

Pour aller chez ma grand-mère, il fallait prendre l'autobus à deux heures de l'après-midi. L'arrêt se trouvait à dix minutes de notre appartement, nous déjeunions plus tôt que d'habitude et à toute vitesse; ma mère se hâtait, avait peur d'être en retard, puis, elle se souvenait qu'elle n'avait peut-être pas bien fermé la fenêtre de la cuisine, il fallait revenir à la maison où tout était en ordre... Nous reprenions la route. Mes parents marchaient très vite, je restais derrière eux, je ne savais comment les rattraper... Puis, nous nous trouvions à l'arrêt de l'autobus trop tôt et nous ne parlions pas, essoufflés et gênés. Quelques minutes plus tard l'autobus arrivait, il était presque vide. Le trajet ne durait que vingt minutes, il était trop court pour qu'on puisse l'apprécier. J'étais déçue quand il fallait descendre devant une vieille auberge à cinq minutes de chez ma grand-mère. Elle nous attendait déjà, elle était devant la porte de son jardin, elle faisait quelques pas à notre rencontre. Je pense qu'elle nous attendait toujours, ou plutôt qu'elle attendait toujours quelqu'un ou quelque chose. Plus tard, je me suis dit qu'il y avait une inquiétude perpétuelle dans ses gestes. Mais ce n'est qu'après sa mort que je me suis mise à penser plus souvent à elle. Pendant ces visites avec mes parents, tout me paraissait naturel.

Nous y rencontrions souvent divers visiteurs et visiteuses: une cousine de ma mère, la femme d'un de mes oncles, un vieux métayer qui, étant veuf, habitait, seul, en face et avait parfois besoin des conseils culinaires et domestiques de ma grand-mère, une voisine qui était peut-être aussi apparentée à nous... Il était difficile de déchiffrer tous les liens de parenté entre les neveux de cousins de mes tantes et les nièces des sœurs de mon grand-père, mort depuis plusieurs années. Tout le monde se connaissait, ou faisait semblant de se connaître, tout le monde avait quelque chose à se dire, ou plutôt chacun voulait parler, sans se demander si on l'écoutait. Par moments, plusieurs tantes et cousins parlaient à la fois, s'interrompaient mutuellement comme s'ils voulaient se contredire, mais ce n'était pas vrai, ils étaient d'accord sans savoir sur quoi, leurs controverses n'étaient qu'apparentes et ne gênaient personne. Ma grand-mère apportait des gâteaux que les invités s'efforçaient de manger, mais quand elle s'était détournée, ils échangeaient des clins d'œil éloquents. Ces gâteaux, c'était la torture de ma mère. Mon père ne les aimait probablement pas non plus, mais il se taisait et il ne les commentait même pas sur le chemin de retour. Mais ma mère — et la plupart des cousines, des nièces et des voisines que nous y rencontrions — considéraient ces gâteaux comme un supplice. Elles soupçonnaient ma grand-mère de fabriquer à la maison du beurre du lait de sa chèvre et de l'utiliser pour faire des kouglofs, des tartes aux pommes ou des pains d'épices. Quant à moi, je ne voyais pas une grande différence entre ces gâteaux et ceux qu'on faisait à la maison, et je les mangeais avec plaisir. Ma mère me regardait presque dégoûtée. Est-ce que ma grand-mère s'apercevait de l'horreur que provoquait sa pâtisserie? Je ne pense pas. Elle n'était pas insensible, mais elle avait une autre sensibilité et elle n'attachait probablement pas une grande importance à ce qu'on mangeait et buvait. Elle donnait aux autres ce qu'elle avait, et elle ne se souciait pas du reste. Ou peut-être ne pensait-elle pas du tout à la nourriture; elle faisait ce qu'elle considérait comme convenable ou nécessaire, ce qu'elle a été habituée à faire. Elle était toujours un peu ailleurs. Mais je m'en suis rendu compte seulement quand j'ai passé, une fois, chez elle une quinzaine de jours de suite.

Le médecin a envoyé ma mère dans une station balnéaire et il a été convenu que je passerais ce temps chez ma grand-mère. C'était une aventure et je ne savais si je m'en réjouissais ou si je la craignais. Un dimanche soir, mes parents sont partis seuls et je suis restée dans la vieille maison. C'est à ce moment que je me suis aperçue que cette maison était énormément vieille, avec des fenêtres irrégulières, avec des murs rugueux, blanchis à la chaux, avec un plancher qui craquait à chaque pas. Ma grand-mère avait peur du feu et avait refusé l'installation de l'électricité. Le soir, nous nous déplacions avec des bougies. Les ombres dansaient, se détachaient du plafond, elles me suivaient à chaque pas, semblaient me toucher. J'avais peur.

Je dormais dans la chambre de ma grand-mère, elle était à côté de moi, rien de mauvais ne pouvait m'arriver, et pourtant quelque chose y guettait, le plafond devenait imprévisible, les tableaux semblaient s'animer... En chemise de nuit et avec les nattes défaites, elle était différente. Je ne la connaissais qu'avec les cheveux tressés et dans une robe immanquablement noire, longue et boutonnée jusqu'au cou. Je pense qu'elle était gênée et elle s'est vite cachée sous un énorme édredon. Mais elle ne dormait pas et j'avais du mal à m'endormir, moi aussi.

Une fois, je me suis réveillée vers minuit. La lune touchait les carreaux de la fenêtre et couvrait les meubles d'une lueur étrange, presque sinistre. La chambre m'est devenue inconnue. Pendant quelques instants je ne savais où je me trouvais. Rien ne bougeait. Puis j'ai entendu quelque chose comme un soupir lointain. Ma grand-mère n'était pas dans son lit. J'ai retenu mon souffle. Quelque chose pourrait se passer, se passait déjà peut-être, mais quoi? Je ne savais que faire, je suis restée immobile, je n'osais pas respirer. Le sommeil m'a complètement abandonnée. Après quelques instants qui me parurent une éternité, je me suis levée, le plus silencieusement possible, et me suis approchée lentement de l'entrée. Le plancher était froid, la pièce s'était métamorphosée, était démesurément grande, j'avançais en tâtonnant, pas à pas, pour ne pas faire de bruit. C'était comme si je n'avançais pas, j'avais peur de ne jamais arriver jusqu'à la porte — et je ne savais même pas pourquoi j'y allais.

La porte était entrouverte. Et c'est là que je l'ai vue. Ma grand-mère était agenouillée devant le crucifix accroché dans l'entrée. Pendant la journée je ne prêtais pas une grande attention à ce crucifix, mais je l'évitais un peu. Il était assez grand, noir, et le Christ semblait s'en détacher, ulcéré et menaçant. Maintenant, sous la lumière de la lune, il est devenu livide, comme s'il était réellement mort. Ma grand-mère s'inclinait devant lui, tendait vers lui les bras, murmurait quelque chose. Mais ce n'étaient pas des prières. C'était comme si elle se querellait avec lui, comme si elle voulait lui expliquer quelque chose, comme si elle l'accusait. Je suis restée interdite. Et si ma grand-mère était devenue folle? Elle pourrait incendier le village, tuer quelqu'un... Devrais-je me sauver? Mais comment? J'attendais. Pendant un temps qui me parut interminable, elle est restée immobile, comme si elle cessait d'exister. J'avais les pieds gelés. Il ne fallait pas qu'elle sache que je l'avais vue. Je tremblais. Je ne sais pas combien de temps ça a pu durer. Puis, j'ai commencé à me sentir si fatiguée que tout me devenait indifférent. Je pensais que je n'arriverais jamais à regagner mon lit. La lune s'était déplacée. Le vent s'était levé et quelques branches du pommier s'agitaient devant la fenêtre. Quand je me suis enfin retrouvée dans mon lit, c'était comme si j'étais sauvée. Je ne voulais pas m'endormir, je voulais savoir ce que ma grand-mère allait faire, si elle allait se recoucher, si elle allait sortir de la maison ou si elle allait rester toute la nuit devant le crucifix... Mais le silence me berçait, tout s'éloignait, s'éteignait lentement, et puis, tout s'est métamorphosé en sommeil. Quand j'ai rouvert les yeux, la pièce était pleine de soleil et ma grand-mère m'appelait de la cuisine car le petit déjeuner était prêt.

J'ai été intriguée. J'ai regardé autour de moi pour trouver un indice, une explication. Tout était parfaitement rangé, tranquille et rassurant. Pas de traces de poussière, pas un objet qui traînerait. La nappe et les napperons étaient d'un blanc éclatant, les casseroles accrochées au-dessus du poêle brillaient. Devant le seuil, des centaines d'abeilles murmuraient dans un tilleul courbé et branchu dont émanait une odeur miroitante et lumineuse. Le chien à l'entrée du jardin sommeillait. Je faisais semblant de lire, mais je suivais chaque mouvement de ma grand-mère. Elle s'affairait autour de la table, en préparant le repas. Qui était-elle? Je me suis aperçue qu'elle ne souriait jamais. Etait-elle belle? Avait-elle été belle dans sa jeunesse? Ces questions me paraissaient inappropriées.

J'essayais de me souvenir de ses divers gestes et propos. Elle parlait peu, mais tout ce qu'elle disait comptait. Je pense qu'elle n'avait jamais menti et qu'elle souffrait quand quelqu'un mentait devant elle. Elle ne le commentait pas directement, comme si elle en avait honte. Seulement plus tard, elle faisait quelquefois une remarque qui prouvait qu'elle n'en était pas dupe. Elle ne critiquait jamais explicitement les gens de son entourage, mais il était évident qu'elle méprisait certaines personnes, quoiqu'elle le cachât. Une de ses voisines, femme divorcée qui vivait avec un homme marié, est venue une fois chez elle pour emprunter du sucre. Ma grand-mère lui en a versé tant qu'elle voulait, mais sans lui parler — et quand cette femme a quitté la cuisine, elle s'était longtemps lavé les mains.

Je pense que même si elle avait souffert de faim elle n'aurait pas touché à un morceau de pain qui se trouverait devant elle, sans lui appartenir. Pas de peur d'être vue. Elle ne l'aurait pas fait même si personne n'avait pu la voir. Elle s'intéressait probablement peu à ce que les autres diraient ou penseraient d'elle. Il y avait un ordre intérieur, personnel en elle. Elle ne dépendait pas des autres. Parfois, beaucoup plus tard, je trouvais cet ordre implacable et cruel, mais elle en souffrait surtout elle-même. Les gens la respectaient, avaient confiance en elle, mais ils l'évitaient quelquefois.

Personne dans notre famille n'était apparemment croyant. Ou du moins personne n'allait à l'église et ne parlait de religion, ma grand-mère non plus. Alors pourquoi restait-elle agenouillée devant le vieux crucifix?

Je n'ai jamais parlé de cet événement à personne. D'ailleurs à qui? Et comment? Je n'aurais pas pu y faire allusion devant ma grand-mère. Je l'aimais (c'est à ce moment que je m'en suis rendu compte), et je ne voulais pas la gêner ou la blesser. Il n'était pas question de me confier à ma mère. Il n'y avait pas d'intimité entre nous. Et mon père me paraissait en dehors de tout cela. Ce n'était pas sa mère à lui, il appartenait à une autre famille (en réalité, je ne connaissais pas cette "autre famille", car ma mère ne voulait pas être en rapport avec sa belle-mère et ses belles-sœurs). Je n'étais d'ailleurs pas habituée à parler souvent avec mon père non plus.

J'y pensais et repensais. Je n'arrivais pas à me l'expliquer. Parfois je me disais que ce n'était pas vrai. Peut-être ai-je rêvé. Peut-être ma grand-mère n'a-t-elle jamais quitté son lit et ne s'est-elle pas agenouillée devant le crucifix. Mais j'avais trop nettement son image devant les yeux.

Ou y a-t-il quelque chose de mystérieux dans notre famille, quelque chose dont on n'ose parler, dont on a honte ou peur? Et si ma grand-mère était coupable? Mais de quoi? J'ai commencé à imaginer diverses histoires. Peut-être a-t-elle chassé une des ses filles parce qu'elle avait commis une faute (mais laquelle?) et cette fille s'est-elle suicidée. Mais on n'a jamais parlé d'une telle fille et tous les noms incrits sur la stèle de notre tombe familiale désignaient les personnes bien définies, dont on trouvait des photos dans l'album et qu'on évoquait quelquefois par hasard, presque sans tristesse. Ou peut-être ma grand-mère a-t-elle maudit un des ses fils (mais lequel et pourquoi?) et l'avait-il quittée à jamais. Mais il n'y avait pas de traces d'un tel fils.

Après le retour à la maison, je feuilletais tous nos albums de photos. Rien. Certes, il y avait des visages que je ne serais pas capable d'identifier, mais c'étaient des visages tranquilles, solennels, et quand je demandais à ma mère qui c'était, elle me répondait sans hésitation, en nommant un cousin lointain avec lequel nous échangions les vœux de Noël, ou une tante morte depuis longtemps. Une seule fois seulement, j'ai failli saisir une bribe de quelque chose d'inconnu. Une de nos voisines s'est attardée chez nous. Elle connaissait ma mère depuis toujours, elles allaient ensemble à l'école, elles parlaient et reparlaient de ce qui avait été autrefois; tout cela leur paraissait merveilleux. J'en étais fascinée; je les enviais, j'aurais voulu être à leur place, je l'étais déjà un peu. Et puis, notre voisine a posé à ma mère la question: "Est-ce que ta mère s'est déjà consolée de cette perte?" Ma mère est restée interdite. Elle a murmuré quelque chose comme "oui", "bien sûr" et a vite commencé à parler des confitures qu'il fallait préparer et des abricots qui coûtaient trop cher cette année. Tout s'est effacé.

Mais quelle a été cette perte dont ma grand-mère aurait dû se consoler?

Je n'ai jamais complètement élucidé ce mystère. Certes, beaucoup plus tard, quand j'étais déjà adulte, j'ai appris que ma mère avait un frère cadet qui, apparemment après une dispute violente avec sa mère, avait quitté la maison, se serait engagé dans la Légion étrangère et est mort peu de temps après, dans un pays lointain, on ne savait même pas exactement où. Mais pourquoi s'est-il querellé avec sa mère? Avait-il commis une faute, un crime? Ou était-ce elle qui avait tort? Voulait-elle expier le péché de son fils à sa place? Mais quel péché? Ou se sentait-elle coupable, elle-même, de ne pas lui avoir pardonné? Y avait-il quelque chose à pardonner? Et quoi? Peut-être mon oncle était-il seulement un aventurier, un farfelu, peut-être ne s'est-il jamais querellé avec sa mère... Mais ma grand-mère a apparemment interdit à tout le monde d'en parler et personne n'aurait osé transgresser sa volonté. Mais ne souffrait-elle pas, elle la première, de ce silence? Elle était juste et implacable. Mais peut-on vivre ainsi, dans un respect absolu de la vertu et de la loi qui deviennent une prison? Et peut-on vivre autrement? Ou y avait-il encore autre chose?

Tout cela est très loin. Ma grand-mère est morte depuis plusieurs années, la tombe de mon oncle inconnu est certainement effacée de la surface de la terre, presque personne de ma famille ne vit. Seule cette cousine qui vient de m'inviter.

En réalité, je ne la connais pas très bien. Elle est plus jeune que moi, elle vivait avec ses parents dans une ville assez éloignée de chez nous, sa mère n'aimait pas beaucoup sa belle-famille — ce qui a été d'ailleurs réciproque — et nous ne nous fréquentions guère. Puis, sa mère est morte, son père, frère de ma mère, ne lui a survécu que de quelques mois. Ma cousine n'a pas, elle non plus, d'autres parents.

J'éprouve le plaisir de pouvoir prononcer devant elle les noms des tantes et des arrière-tantes dont les photos se trouvent dans nos albums familiaux et dont personne d'autre ne se souvient. Mais par moments, j'ai le sentiment d'une bizarre étrangeté, comme si quelque chose grinçait, comme s'il y avait quelque chose de faux, d'amorphe.

Apparemment, ma cousine a hérité de cette maison, mais je n'ai jamais compris de quelle façon. Elle s'y est installée et a déclaré que la maison lui appartenait. Personne ne l'a contesté. Le notaire ne s'est pas mêlé de cette affaire. A quoi bon? On s'aime et s'entend dans la famille... Mais elle me regarde parfois avec inquiétude et je me sens mal à l'aise. Il y a d'ailleurs quelque chose d'incertain, d'approximatif dans tout son comportement. Elle veut plaire à tout le monde et parfois elle laisse entendre qu'une telle voisine a apprécié sa nouvelle robe ou qu'elle a fait plaisir à une autre voisine en lui apportant un bouquet de lilas. Elle est toujours préoccupée de ce que les gens vont penser d'elle. Dans un certain sens, j'en suis contente. Elle ne cache pas que le vieux tilleul devant la fenêtre la gêne. Elle voudrait bien s'en débarrasser, mais tout le monde s'enthousiasme devant cet arbre courbé, parfumé, miroitant d'innombrables abeilles — et elle n'ose pas le toucher.

La maison est plus commode que du temps de ma grand-mère. L'électricité y a été installée encore de son vivant et ma cousine a fait d'autres aménagements de sorte qu'on peut y vivre presque confortablement. Elle a aussi remplacé les vieilles armoires et crédences luisantes, massives et lourdes par des meubles modernes, d'une solidité suspecte, et assez vulgaires à mon goût. Mais c'est elle qui y habite, et pas moi — et je n'ai rien à dire de cela. Elle s'est aperçue de mon regard étonné, quand je suis entrée dans la pièce, et pendant le dîner, elle a essayé de m'expliquer que ces vieux meubles étaient malcommodes. Elle les a donc vendus à un brocanteur à un prix dérisoire. Ils ne valaient d'ailleurs pas plus. Mais elle était prête à me donner la moitié de ce qu'elle avait reçu. Elle a fait même un geste comme si elle voulait aller chercher de l'argent dans sa table de chevet, sachant certainement que je le refuserais.

Le crucifix devant lequel ma grand-mère s'était autrefois agenouillée a disparu, remplacé par une reproduction quelconque. Ce crucifix n'aurait d'ailleurs rien à faire dans le nouvel arrangement de la maison et ma cousine ne savait certainement rien des murmures passionnés et désespérés de notre grand-mère. Il me serait impossible de lui en parler.

La maison est propre, mais c'est une propreté bon marché, à la surface, imprégnée d'un parfum agressif qui me rend mal à l'aise; il y a des fissures invisibles, quelque chose de provisoire, d'éparpillé, tandis que du temps de ma grand-mère on y sentait une sécurité, une immuabilité. Mais était-ce mieux? Il y avait des accents poignants, tragiques peut-être, dans cette sécurité. Est-ce que ma cousine est plus heureuse que ma grand-mère?

Elle a d'ailleurs peu de chance dans la vie. Elle a épousé un ivrogne. Personne n'a compris pourquoi elle s'est mariée avec ce garçon rude, inculte et qui ne s'intéressait pas beaucoup à elle. Il s'est laissé faire. C'est ainsi qu'il l'a épousée. Et elle? Je ne sais pas. Certes, il gagnait à l'époque assez d'argent, puis, il a été licencié, il traînait dans les rues et ma cousine a divorcé. Elle a une fille de quinze ans qui vit dans un internat et étudie quelque chose dont l'utilité m'échappe. Ma cousine travaille, mais je n'ai pas découvert en quoi son travail consistait. C'est apparemment un secrétariat ou une comptabilité avec des heures irrégulières et à des endroits différents. Elle a l'intention de se remarier, mais elle ne m'a présenté son fiancé qu'avec des hésitations, presque à contrecœur. Elle pouvait difficilement l'éviter. C'est un mécanicien du village, un peu plus jeune qu'elle, il l'adore et montre ses sentiments avec une ostentation naïve et presque vulgaire. Et elle a honte de lui, car il est primitif, il rit sans raison et ne sait comment tenir sa fourchette et son couteau. Le soir après sa visite, elle a essayé de m'expliquer qu'elle ne pouvait plus vivre seule, que c'était trop dur pour une femme de vivre seule. C'était une gaffe. En me le disant, elle ne s'est pas rendu compte que je vivais seule depuis toujours. Mais elle s'est vite ressaisie et s'est presque excusée. Selon elle, tout le monde n'était pas aussi courageux que moi. Que devrais-je ajouter? Que je ne voyais pas en quoi consisterait mon courage, car, à mon avis, il faut avoir plus de courage pour vivre avec quelqu'un qu'on n'aime pas que pour vivre seul. Mais tout le monde n'est pas pareil et ma cousine a probablement besoin de vivre avec quelqu'un.

Quelques jours après mon arrivée, le vendredi soir, sa fille est venue à la maison. D'après ce que j'ai compris, elle passait habituellement les week-ends chez sa mère. Je ne l'avais jamais vue auparavant et même maintenant, je ne serais pas capable de la décrire. Elle me paraît gentille, mal assurée, obéissante et indifférente. Elle se lave certainement très soigneusement, mais donne l'impression d'être couverte d'une invisible couche de poussière, ou plutôt de quelque chose de légèrement gluant et anodin. Il est difficile de la décrire. Quand je la regarde, je pourrais indiquer la couleur de ses yeux et de ses cheveux, la forme de son nez. Mais il suffit que je me retourne, et son image disparaît. Si elle se trouvait dans un groupe d'une vingtaine de jeunes filles, je ne la distinguerais probablement pas.

Pendant tout le temps, elle sommeillait sur le sofa et elle a refusé d'aller avec nous cueillir des myrtilles dans la forêt à quelques pas de chez nous, car elle se sentait fatiguée. Sa mère la regardait avec un attendrissement fier et inquiet. Mais c'est peut-être moi-même qui avais voulu capter dans son regard un brin d'inquiétude. Elle n'a posé aucune question à sa fille.

Je n'ai pas découvert à quoi ma demi-nièce s'intéressait. Elle parlait peu. Avait-elle quelque chose à dire du moins à sa mère? Je suis restée presque tout le temps avec elles et je ne m'en suis pas aperçue. Toutes deux restaient muettes. Mais ma présence les gênait peut-être.

Après avoir accompagné dimanche soir la jeune fille à l'autobus, nous sommes restées de nouveau seules dans la maison qui me paraissait à ce moment vide, mais pas à cause du départ de ma demi-nièce. C'était comme si quelque chose d'inachevé y restait et envahissait les murs. La maison devenait double, il y avait des morceaux d'existence disparates, lointains et récents, enchevêtrés à la hâte. Cette maison était à présent plus commode qu'autrefois et il a été probablement plus facile de vivre avec ma cousine qui souriait toujours qu'avec ma grand-mère qui ne souriait jamais. Maintenant, c'était une maison ordinaire, sans passions, sans rien.

Ma cousine rangeait les affaires que sa fille avait

laissées en désordre dans la salle de bains. Quand elle faisait quelque chose, elle se parlait toujours à haute voix. A un moment, elle s'est écriée: "Quelle idiote! Elle a oublié ses pilules et il faut que je les lui envoie demain matin. Je voudrais pourtant faire de la confiture, les cerises commencent à pourrir dans les paniers — et maintenant, je dois aller à la poste en ville et perdre toute une matinée." J'ai failli lui demander si sa fille était malade, mais je me suis retenue à temps. Pourquoi me montrer plus naïve que je ne suis? Je lui ai même proposé d'aller à la poste à sa place. Elle est plus douée que moi pour faire des confitures. Elle me regardait avec méfiance. Pensait-elle que je serais capable de jeter ces pilules dans la poubelle?

Le soir, elle m'a expliqué que tous les jeunes étaient aujourd'hui ainsi. On était moins hypocrite qu'autrefois. Je n'avais rien à ajouter. Elle avait peut-être raison, mais c'était une raison triste.

Le lendemain j'ai posté le paquet. Il me restait beaucoup de temps. L'autobus pour revenir à la maison ne partait qu'à la fin de la matinée et il n'était que neuf heures et quart. Le ciel était couvert, tiède et presque sale. Je n'avais pas envie de me promener dans la ville que je préférais autrefois à ma ville natale. Je me sentais lasse. Je me suis réfugiée dans un café, à ce moment presque vide, et je mangeais lentement un gâteau avec de la crème fouettée, qui était trop sucré et un peu gluant. J'essayais de réfléchir, de comprendre ma cousine, sa fille, de comprendre ce que j'étais moi-même — et pourquoi. Mais tout m'échappait. Etais-je vraiment vieille, incapable de vivre ce qu'on vivait aujourd'hui? Jusqu'à présent, je n'ai jamais compté mes années, j'étais maintenant et ici, j'y étais pleinement, sans réserve. A présent, il me semblait être ailleurs. Dans un certain sens, j'acceptais ce sentiment avec un soulagement. Je ne voudrais pas vivre l'existence de ma cousine et de sa fille. Mais était-ce un soulagement? J'avais honte de ne pas avoir ajouté quelques mots dans le paquet pour ma demi-nièce. Elle et sa mère sont mes seules parentes. Mais je n'avais rien à lui dire.

Certes, on était autrefois hypocrite, malheureux, injuste. Les gens ne sont pas aujourd'hui pires que du temps de ma grand-mère. Peut-être souffrent-ils même moins. Mais sont-ils plus heureux? Ma cousine s'efforce de faire ce que fait tout le monde. Elle s'adapte à tout et les gens l'aiment probablement. Pourtant la vie ne lui réussit pas. Les choses deviennent instables et douteuses autour d'elle. Comment lui expliquer? Si tout le monde est comme tout le monde, qui est qui, au juste? A la télévision on montre parfois que tout le monde applaudissait Hitler, Staline, n'importe qui... Certes, il ne faut pas comparer ces choses, mais...

J'ai passé la dernière soirée avec ma cousine dans l'ancienne cuisine de ma grand-mère. Je sentais vaguement qu'elle aurait voulu se justifier, sans pourtant le montrer. Elle m'a assuré que je pourrrais venir chez elle tant que je voudrais, que ma visite lui ferait toujours plaisir. Elle me paraissait même sincère. Peut-être se rend-elle compte, elle aussi, qu'elle n'a pas d'autres parents que moi.

Puis nous avons parlé sans avoir rien à nous dire. A plusieurs reprises, elle a répété qu'il serait ridicule... Ridicule que sa fille ne couche pas avec n'importe qui car tout le monde le fait, ridicule de ne pas tricher un peu par-ci, par-là, ridicule de ne pas mentir de temps en temps, quand il s'agit de choses sans importance... A la fin elle parlait toute seule, essoufflée, et j'étais triste, je voudrais être ailleurs, m'endormir.

Je continue à aimer ma cousine, peut-être. Mais avant de me coucher, je suis restée longtemps sous la douche et je me suis lavée, lavée. Et j'ai été contente de quitter la maison le lendemain.

Dans le train, je regardais les champs qui s'effaçaient dans le crachin. Le paysage s'en allait. Les souvenirs de ma cousine et de sa fille s'estompaient. Reviendrai-je chez elle encore une fois? J'ai commencé à sommeiller un peu, sans sommeiller réellement. J'avais presque physiquement besoin de quelque chose de stable. Je pensais à mes lectures, à mes amis d'autrefois, presque tous morts aujourd'hui.

Il y a quelque chose d'incompréhensible pour moi: Nous qui avons tant aimé Don Quichotte, qui nous sentions proches du prince Mychkine, pourquoi avons-nous peur d'être ridicules?

C'était presque avec plaisir que j'ai franchi le seuil de mon appartement. J'ai rangé à la hâte mes affaires et j'ai essayé de me plonger dans la lecture du livre que j'avais commencé à lire avant mon départ. Je me réjouissais de le retrouver. C'était sur un épisode de l'histoire grecque et j'en aimais l'auteur, sage et passionné. Je voulais être dans un autre temps, avec d'autres personnes...

Une maladie

Je ne sais comment parler avec un de nos collègues et je ne suis pas seule. Nous savons que son fils est depuis quelques semaines dans un asile psychiatrique. Comment l'avons-nous appris? Il ne l'a jamais mentionné, mais tout le monde le sait, a pitié de lui et a honte de cette pitié, car c'est humiliant, on ne devrait pas blesser quelqu'un par la pitié. Mais comment faire? Il nous évite et il est si seul que ça fait peur. A chaque tentative de l'approcher, il se hérisse; lui, normalement gentil et poli, devient presque agressif. En sa présence, nous cessons de parler à haute voix. Puis, quelqu'un d'entre nous se rend compte que c'est stupide et s'aventure à lui poser une question sur la santé de son fils. Il se confond, rougit et répète inlassablement que son fils va mieux. Parfois, il ajoute qu'il souffre d'une hépatite pour laquelle on vient de découvrir un nouveau médicament. Une autre fois, il parle de sa maladie de cœur. Il s'embrouille, semble avoir mauvaise conscience et nous reprocher de l'amener à mentir. Il s'en va le plus vite possible et nous sommes mal à l'aise.

C'était un homme timide et tranquille. Sa femme est morte il y a plusieurs années (ou l'avait-elle quitté?). Je ne l'ai jamais vue, personne ne s'en souvient. Il vivait seul avec son fils unique qui pourrait avoir à présent quinze ou seize ans. Il l'adorait probablement. Parfois il mentionnait ses succès à l'école ou ses excursions avec des camarades. Nous considérions son comportement comme naïf et normal. Ou plutôt nous ne nous occupions pas de lui.

Son fils était un garçon plutôt désagréable, à première vue arrogant et faux. Il avait un regard fuyant, je n'aimais pas à m'entretenir avec son père en sa présence. Mais c'est seulement maintenant que j'ai l'impression que quelque chose ne marchait pas. A l'époque je ne m'en apercevais probablement pas. En réalité je ne sais presque rien, ni de ce qui concernait notre collègue et son fils auparavant, ni de ce qui les concerne à présent. En général, les gens se connaissent peu et ne cherchent pas à se connaître. Et quand ils le font, c'est habituellement suspect.

Certains de nos amis communs disaient (ou disent

plutôt à présent) que notre collègue gâtait son fils, qu'il lui permettait tout... Mais où est aujourd'hui la frontière entre ce qui est permis et ce qui ne l'est pas? On cherche toujours la faute de quelqu'un quand un malheur apparaît, comme si l'on avait besoin de coupables pour justifier les détresses et les chagrins.

J'ai peur des maladies mentales et je sais avoir tort. Ce sont des maladies comme les autres. J'en veux à notre collègue de cacher l'hospitalisation de son fils dans un asile psychiatrique, de mentir maladroitement, sachant parfaitement que tout le monde est au courant. Ça n'arrange rien, au contraire. Mais il y a des moments où je comprends mal ce que je pense, ce que j'éprouve moi-même. Ou plutôt il y a un décalage entre ce que je pense, ce que je veux penser — et ce que j'éprouve, sans vouloir l'éprouver. Les maladies mentales s'ouvrent pour moi vers l'incompréhensible, vers l'inconnu. Je ne sais que dire, comment me comporter.

Je suis assise parfois dans le métro à côté de quelqu'un qui gesticule, prononce à haute voix des propos incohérents, inintelligibles, qui crie, dont les vêtements sont déchirés et sales. Les gens se détournent. Il est à côté de moi, mais il est ailleurs, je ne peux savoir, personne ne peut savoir, où. Qui est-il? En aucune langue, je ne pourrais communiquer avec lui. C'est comme s'il venait d'une autre planète, dangereuse, imprévisible. Je sais qu'il ne peut rien me faire, mais je me sens menacée. Je n'ose pas bouger, je ne voudrais pas l'offenser. J'ai honte de moi-même et je suis soulagée quand le métro arrive au terminus et je peux descendre sans blesser qui que ce soit. L'homme disparaît de mes yeux. Où va-t-il? Il aurait fallu prévenir la police, mais il est déjà trop tard. D'ailleurs où trouver un policier? Et qu'est-ce que je lui dirais?

Une fois, j'ai voulu montrer à une de mes amies un château baroque que j'avais visité dans mon enfance et dont j'ai gardé un souvenir sublime. Mais ce château a été transformé en asile psychiatrique et devenu inaccessible au public. Je tenais beaucoup à pouvoir y entrer avec cette amie qui était de passage chez nous et à laquelle j'en ai parlé souvent. Je me suis souvenue d'un des médecins qui y travaillaient, je lui ai écrit et réécrit et j'ai obtenu à la fin la permission d'y entrer en sa compagnie. J'ai dû insister beaucoup pour que ce médecin me donnât son accord; il n'a pas caché qu'il ne m'a cédé qu'à contrecœur.

Le château se trouve dans un jardin autrefois magnifique. Il y a encore quelques fontaines desséchées et quelques statues aux bras cassés et aux visages mutilés. Les mauvaises herbes envahissent les sentiers, quelques rosiers, devenus sauvages, s'accrochent aux restes d'une ancienne tonnelle. Pendant une demi-heure, nous nous sommes promenés, tous trois, dans un passé dévasté, entourés d'une beauté vaine qui devenait fantastique, qui rappelait des constructions de Piranèse et dont émanaient l'éblouissement, l'angoisse, la nostalgie, l'inquiétude. C'est précisément ce qui m'attirait dans ce château. Mais notre ami n'a pas organisé cette promenade pour nous faire revivre une décadence rêveuse du passé. Il nous a expliqué qu'il voudrait nous introduire dans le château seulement après le dîner, pour ne pas déranger les pensionnaires. Mais c'était plutôt pour nous les cacher. Il n'a pas réussi.

A un moment, des ombres humaines commençaient à se détacher du fond du jardin. Le médecin a voulu nous faire regarder dans l'autre direction, mais il a été trop tard. Nous sommes restées pétrifiées et fascinées. C'était un cortège sorti des tableaux de Jérôme Bosch, de Breughel, de l'enfer. Les malades étaient accompagnés, peut-être se trouvaient-ils de l'autre côté d'une barrière, invisible dans la brume du crépuscule. Avaient-ils les mains liées pour ne pas s'enfuir, pour ne pas faire quoi que ce soit? Probablement non, rien de dangereux ne pouvait se passer. Il y avait partout des gens, les malades n'étaient peut-être pas agressifs. Savaient-ils que nous les regardions? Ils étaient ailleurs. Dans un abîme? A un endroit qui n'existait pas? Ou auquel nous n'avions pas d'accès? Etaient-ils malheureux? Sentaient-ils quelque chose? Et quoi? L'un d'entre eux a fait quelques gestes obscènes, un autre a tiré la langue. Quelques-uns ont commencé à hennir. Tous avaient la bouche ouverte, démesurément grande, leurs visages se réduisaient à cette bouche dont sortaient des dents noirâtres, irrégulières, énormes. Ça a dû durer une minute, peut-être moins. Ils ont disparu dans une allée latérale, nous sommes entrés dans le château où tout était rangé, seule une odeur suspecte flottait au-dessous du plafond et quelque chose d'imperceptiblement inquiétant émanait des murs. Les fresques étaient toujours les mêmes, gracieuses et languissantes, témoignant de la fin du baroque qui se métamorphosait en un rococo, en une vanité presque agréable. La peinture s'effritait par endroits, mais l'ensemble restait beau, plus beau encore que quand je l'avais vu pour la première fois. Mais c'était une beauté au bord de l'inconnu. Est-ce que les malades la voyaient? Qui étaient-ils? Avaient-ils une autre vie quelque part? Une famille, quelqu'un qui les attendrait, qui les aimerait? Serais-je capable d'aimer une telle personne, si c'était ma sœur, mon cousin?

Quand nous avons quitté le château, les premières étoiles s'allumaient au ciel. Elles étaient impensablement lointaines. Des ombres fantastiques, défigurées, noires, bougeaient derrière les fenêtres de la façade, se collaient sur le vide.

Le fils de notre collègue n'est certainement pas dans un tel asile psychiatrique. Il est probablement dans une clinique confortable, il souffre de dépression et on lui donne des comprimés. Pour l'endormir? Pour le réveiller? Il peut guérir, il guérira sûrement, la médecine fait tant de progrès aujourd'hui... Pourtant je ne cesse pas de penser à ce garçon qui ne m'intéressait nullement auparavant. Ou plutôt je ne pense pas à lui, mais à quelque chose que je n'arrive pas à m'imaginer.

Chacun est quelquefois "ailleurs", dans un monde qui n'existe pas. Mais on le sait, on ne transgresse pas la frontière de l'irréel. Ce qui est "ailleurs" reste "ailleurs". Je suis "ici", même si cet "ici" est parfois chancelant, difficile à saisir. Je peux rêver — et revenir de mes rêves. Mais si l'on n'en revient pas... Le sait-on? Y a-t-il des signes qui annoncent ce non-retour? La frontière entre le compréhensible et l'incompréhensible n'est certainement pas fixée de la même façon pour tout le monde. Où commence la folie? (J'ai peur de ce mot.) Quand on pense à la folie, on cesse de communiquer. Il n'y a pas de moyens pour exprimer certaines choses.

La “santé mentale” est également difficile à cerner et elle est différente chez chacun d’entre nous. S’il y a vraiment une “santé mentale” serions-nous capables de la décrire?

Mon collègue est terne et pratique. Tout paraissait chez lui réglé à l’avance. Je n’avais échangé avec lui que des propos les plus banals et je n’avais jamais auparavant pensé à lui. En réalité, il ne m’intéresse pas. Et son fils non plus. Pourtant je me trouve mal à l’aise quand nous nous croisons dans le couloir. Suis-je attirée par son malheur? Est-ce une sorte de voyeurisme de ma part? Je suis gênée.

Parfois, il me semble pourtant qu’il attend quelque chose. Je ne sais comment répondre.

L’embarras

Mon frère était un peu malheureux et un peu malhonnête. Pas beaucoup, comme la plupart des gens de chez nous — ou de partout. Il remplissait — ou plutôt semblait remplir — toujours consciencieusement et maladroitement toutes ses obligations (vraiment toutes et toujours), mais quelque chose allait de travers. Il était aigri, mécontent ou, peut-être, seulement indifférent, couvert d’une grisaille, d’une vieillesse sans âge, d’une somnolence sans but. Il restait souvent immobile et regardait comme si rien ne lui faisait plaisir. Ou il feignait peut-être une insatisfaction perpétuelle, car il voulait se montrer modeste, effacé et un peu souffreteux pour ne pas éveiller une jalousie de ses collègues et voisins. Lui-même me semblait jaloux de tous: de ceux qui “gagnaient mieux leur vie que lui”, qui avaient de meilleurs appartements, qui passaient des vacances à l’étranger... Il était probablement persuadé que tout le monde était jaloux de tout le monde et qu’il fallait se protéger. Je pense que certaines personnes l’aimaient; il passait parfois des soirées chez divers voisins, mais je ne m’imagine pas de quoi ils parlaient. A la maison, il se taisait habituellement. Et on n’avait sûrement pas confiance en lui.

Il était plus jeune que moi et ma mère le préférait, ce que je considérais comme une injustice. J’avais de meilleurs résultats à l’école, j’essuyais la vaisselle et j’épluchais des pommes de terre plus souvent que lui. Mais dans les familles, on aimait mieux les garçons que les filles, et chez nous c’était surtout le cas de ma mère. Mon père avait peut-être plus d’estime pour moi (parfois, il disait même que c’était dommage que je ne fusse pas un garçon), mais il montrait rarement ses sentiments. Il était toujours un peu absent, même quand il était assis à côté de nous.

J’aurais bien voulu avoir un frère plus âgé que j’aurais pu admirer un peu, qui aurait pu me protéger — et je ne savais comment m’arranger de ce petit garçon pleurnicheur qui se plaignait à ma mère de ne pas avoir un aussi grand morceau de gâteau que moi ou de ne pas pouvoir jouer avec mes porte-plumes et mes crayons.

Chez nous, chacun vivait à part, nous ne

communiquions que rarement, nous nous connaissions peu — ou c'était peut-être ma faute d'être toujours quelque part où les autres n'entraient pas, dans des histoires que j'avais lues ou inventées, qui se reflétaient sur les façades des maisons en face de chez nous, dans le balancement des branches d'un jardin à côté, dans le coucher du soleil derrière l'étang à l'horizon... Je ne me sentais pas très solidaire avec ma famille.

Puis j'ai quitté la maison, mon père est mort, tout ce qui a été auparavant semblait effacé. Je faisais ce qui me plaisait, je gagnais assez bien ma vie, ou plutôt je m'arrangeais de façon à n'avoir besoin d'aide de personne. C'était une illusion, on a toujours besoin de quelqu'un, mais je me le répétais si souvent que je commençais à y croire. A la maison, on prenait ma "situation aisée"' au sérieux et mon frère ne cachait pas de m'envier mes "succès". Je ne pensais que rarement à lui et j'aurais été incapable de le décrire avec précision. Avait-il les yeux bleus ou gris?

Il n'a pas réussi dans la vie, ou du moins il en était persuadé. Il n'a pas terminé ses études de droit et est devenu un employé subalterne à la préfecture, puis, il a changé plusieurs fois d'emploi. Je ne sais pas exactement ce qu'il faisait au juste pendant des années et des années. Une ou deux fois, j'ai entendu parler de quelque chose de louche qu'il aurait commis, d'une dénonciation, d'une malversation... Tout cela était vague, je n'y prêtais pas attention, les gens disent n'importe quoi. Mais je n'aimais pas le regard fuyant de mon frère, son comportement incertain, son mécontentement perpétuel. C'était comme s'il reprochait toujours quelque chose aux autres — et on ne devinait pas quoi et à qui.

Ma mère s'étendait parfois sur son talent gaspillé, mais je ne sais pas si elle pensait qu'il aurait pu devenir un musicien ou un peintre célèbre (il jouait en effet, à mon avis assez médiocrement, du violon et il a peint quelques paysages qui restaient longtemps accrochés dans notre cuisine) — ou qu'il aurait pu s'imposer, comme juriste éminent, dans la vie publique. Mais la situation politique ne le lui aurait pas permis, il n'était pas bien vu...

Il s'est marié très jeune, sa femme a abandonné son travail de secrétaire dans une entreprise quelconque pour s'occuper du ménage, ils avaient une fille que je connaissais à peine. La famille semblait toujours manquer d'argent, ils vivaient dans une modestie ostentatoire, entourés d'objets bon marché qui s'usaient vite et qui étaient remplacés immédiatement par le même type d'objets sans valeur. Ma mère me reprochait silencieusement de ne pas les aider. Selon elle, je n'avais aucun sens de la famille. J'en avais un peu honte, j'aurais voulu me disculper. (Mais à quoi bon, ma mère ne changerait jamais d'opinion sur moi — et je n'y tenais même pas.) Deux ou trois fois, j'ai donné donc "à ma nièce" une petite somme d'argent. La gosse était embarrassée, ne savait que dire. Mon frère a commencé à me remercier à sa place, obséquieusement, trop humblement — c'était faux et j'avais l'impression qu'il s'attendait à quelque chose de plus ou à quelque chose d'autre, je ne savais pas à quoi. J'ai quitté la pièce le plus vite possible et je me suis promenée pendant une heure dans les prairies et dans les champs.

Quelques années plus tard, ma mère est morte et je me sentais sans famille. Je ne le regrettais pas. Certes, j'avais un frère, mais nos contacts se sont limités à des vœux de Noël. Je pouvais me rappeler les noms de quelques cousines et cousins et de deux tantes lointaines, mais je ne savais pas ce qu'ils faisaient, comment ils vivaient, s'ils vivaient encore — ils étaient pour moi étrangers, comme j'étais étrangère pour eux. Pourtant de temps en temps, j'avais un vague sentiment que quelque chose ne marchait pas, qu'il y avait un vide, que j'aurais dû faire...

C'était un sentiment bizarre qui prenait par moments le caractère d'un désarroi. Il m'arrivait parfois, quoique assez rarement, de lire quelque chose qui n'avait rien de commun avec ma ville natale ou avec ma famille. Puis, je me suis arrêtée, je regardais en dehors des pages du livre — et d'un seul coup j'ai eu devant les yeux un morceau du sentier bordé d'églantiers de chez nous, ou une fenêtre qui, jadis, entourée de jasmins, s'allumait au fond du jardin derrière la maison de ma grand-mère. Et j'éprouvais une nostalgie qui ressemblait à une douleur, mais cette douleur était douce, presque agréable.

Je ne voulais pas revenir dans ma ville natale, renouer avec des gens que je connaissais à peine, dont plusieurs ne vivaient probablement plus et avec lesquels je n'avais rien de commun. A quoi bon? Je ne pouvais y rencontrer que des déceptions. Mais serais-je encore capable d'être déçue par quelque chose?

Je ne comprenais pas très bien pourquoi j'ai retenu, un jour, une chambre à l'hôtel à une dizaine de kilomètres de ma ville natale. Autrefois cet hôtel avec un restaurant élégamment meublé et propre était assez renommé. Blanc, il se dressait en face d'un grand étang (qu'on désignait alors comme un "lac" pour lui donner plus d'importance); il était presque caché par de vieux épicéas qui pénétraient jusque dans le jardin. Une société un peu snob de chez nous aimait à y passer des après-midi de dimanche.

Dans mon enfance, j'y suis allée deux ou trois fois avec mes parents. On y servait du café tout particulièrement parfumé (me semblait-il) et des gâteaux dorés et sucrés. C'est ainsi que je m'imaginais la vie des familles viennoises en vacances, de ces familles dont on parlait parfois à la maison avec un brin de jalousie. Presque tout le monde de chez nous avait un cousin ou une tante à Vienne et ces parents exotiques, "venant de loin" (ma ville natale n'était pas en réalité beaucoup plus loin de Vienne que de Prague) et capables de parler une langue étrangère, éveillaient une convoitise et une admiration de petits employés et commerçants qui n'ont jamais voyagé et pour qui "l'étranger" signifiait quelque chose de magique.

Ces "cousins" ou "oncles viennois" étaient en réalité de petits artisans, plus pauvres encore que la plupart de nos voisins ou connaissances, mais je ne l'ai découvert que plus tard. A l'époque, ils ont été considérés comme "quelque chose de meilleur" que nous. Je pense d'ailleurs qu'ils essayaient eux-mêmes de créer cette illusion, pour cacher leur situation réelle, modeste et difficile, pour se montrer enfin "supérieurs" et ne pas regretter d'avoir quitté le lieu où ils étaient nés. On regarde d'ailleurs chez nous toujours tout ce qui "vient de l'étranger" (à présent de "l'Occident") comme "quelque chose de meilleur"...

Nos excursions qui se terminaient par une limonade

bue dans le restaurant de cet hôtel étaient une fête, un luxe. Mais je m'y sentais alors comme quelque part où je n'étais qu'en visite et que ce n'était pas tout à fait vrai.

Je savais que, après des années, mes sentiments seraient différents, l'hôtel lui-même serait différent, plus commode peut-être, moins inaccessible, moins solennel. J'y serais probablement un peu désorientée (excitée?), je pourrais y vivre pendant quelques instants ce qui n'existait plus. En tout cas, une chambre à l'hôtel a été retenue et à la fin d'un après-midi du début de septembre, mon autobus s'est arrêté devant la porte d'un bâtiment qui était et qui n'était pas le même que celui que j'avais admiré autrefois.

Je me suis trouvée dans une pièce simple, blanchie à la chaux et lavée par l'air frais qui y pénétrait par la fenêtre entrouverte. Du balcon, j'aurais pu toucher une branche d'épicéa. Etais-je chez moi? Je regardais le sentier et les plates-bandes dans le jardin et j'éprouvais par moments une sensation confuse de revenir dans les années lointaines, d'être ce que j'avais été — mais je savais que c'était faux, que j'étais une autre. Mais un doute ne cessait pas de planer. Etais-je vraiment une autre?

Les propriétaires ont changé, les tables et les nappes n'étaient pas les mêmes qu'autrefois. Personne ne me connaissait. Dans le restaurant, j'étais assise seule à une table dans le coin. Quelques autres hôtes se trouvaient de l'autre côté de la salle. Ils m'observaient avec une certaine curiosité et méfiance. C'étaient probablement des habitués qui passaient régulièrement les fins de la semaine dans cet hôtel — et j'ai été une étrangère. Dans mon enfance, la société snob regardait mes parents, modestes et un peu gênés dans ce milieu "de luxe", comme des intrus. Aujourd'hui, c'était plutôt moi, avec mes vêtements "occidentaux" et une valise marquée par des voyages lointains, qu'on pourrait considérer comme "snob". Mais je me trouvais de nouveau envahie par un sentiment d'étrangeté, comme si j'étais une intruse, sans pouvoir définir dans quel sens. Ce sentiment me révoltait en même temps. Pourquoi ne devrais-je pas appartenir au pays où je suis née, à la région où j'avais passé mon enfance?

J'ai été trop près de la ville où habitait mon frère pour ne pas lui rendre visite. S'il apprenait un jour que j'avais été à l'hôtel à une dizaine de kilomètres de chez lui sans le lui faire savoir, il l'interpréterait comme une insulte. Je ne voudrais pas le blesser. Je ne désirais pas le voir, mais je le désirais peut-être un peu, sans le savoir.

J'attendais encore un jour. Je me suis promenée dans la forêt, j'y ai trouvé quelques champignons, je les ai ramassés pieusement (c'était presque comme autrefois), sans savoir qu'en faire. (Je les ai donnés à la cuisinière de l'hôtel qui m'a promis de les mettre dans la soupe.) Le soir, j'ai téléphoné à mon frère. Tout d'abord, il ne comprenait pas qui parlait. Il a répété à plusieurs reprises: "Qui est-ce, qui est-ce?" J'essayais de ne pas être impatiente et j'ai prononcé le plus distinctement possible mon nom. J'attendais. Pendant quelques instants, pas de réponse. J'ai pensé que notre communication a été déjà interrompue. Puis il y eut un toussotement, quelques bruits indistincts. Quelqu'un se trouvait à côté de lui, lui donnait des conseils, gesticulait peut-être... C'était de toute évidence ma belle-sœur. Puis, la voix de mon frère est revenue et il a commencé à s'excuser avec effusion, il me paraissait confus, mais je ne savais pas si c'était parce qu'il ne m'avait pas reconnue — ou pour une autre raison. Ma visite ne l'enchantait sûrement pas et il cherchait à le cacher par une abondance de mots qui ne donnaient à la fin aucun sens. Il m'a proposé de m'installer chez eux, il semblait même y tenir (sincèrement? pour quelle raison? j'avais honte de ma méfiance qui me paraissait mesquine). Sa fille n'était plus à la maison, elle travaillait dans une ville voisine où elle avait loué une chambre, je pourrais dormir dans leur séjour, ils avaient un appartement confortable composé de deux pièces et d'une grande cuisine, comme je le savais... La perspective d'être logée chez mon frère et ma belle-sœur m'a glacée. J'ai refusé sa proposition, probablement même avec une trop grande brutalité, et j'en ai été gênée. Peut-être était-il sincère, peut-être voulait-il vraiment m'inviter ... Il était difficile de terminer cette conversation dans laquelle nous n'avions rien à nous dire. A la fin il a été convenu que je leur rendrais visite le lendemain dans l'après-midi.

Je ne pouvais pas m'endormir. J'étais excitée et mécontente de moi-même. Serais-je encore capable de reconnaître mon frère? Depuis plusieurs années, je ne l'avais pas vu. Je ne parvenais pas à m'imaginer nettement son visage. Certes, je ne pourrais pas me tromper. L'homme qui ouvrirait la porte de son appartement serait mon frère, et la femme derrière lui — ma belle-sœur. Mais il m'était désagréable de penser que dans la rue, je ne le reconnaîtrais probablement pas. Et de quoi parlerions-nous? Ils ne s'intéressaient pas à mon travail. Si je leur racontais des histoires de mes voyages, ils le considéreraient comme une vantardise, comme le désir de leur montrer que j'étais plus riche qu'eux. D'ailleurs à quoi bon leur parler de choses qu'ils ne verraient jamais; qu'ils ne désiraient peut-être même pas voir? Et si je leur posais des questions sur leur travail et sur leur vie, ils seraient gênés, ils l'interpréteraient comme une indiscrétion, ils penseraient que je voudrais... Je ne sais pas ce que je pourrais vouloir... Mais ils me reprocheraient certainement quelque chose sans le dire et je serais embarrassée. Evidemment, on peut toujours se plaindre de la situation politique internationale, commenter les prix qui montent, la décadence morale de notre société — ou l'on peut s'entretenir sur le temps, bon ou mauvais, qu'il faisait pendant les derniers mois.

Les quelques kilomètres que j'ai traversés avant d'arriver dans ma ville natale m'ont donné une impression double, ou plutôt multiple. Etais-je là où j'étais — ou étais-je dans un passé métamorphosé, infidèle et plus vrai que le présent? Je me suis arrêtée encore devant la maison délabrée où habitait mon frère. Elle était plus délabrée que je ne me l'étais imaginée. Puis j'ai sonné à la porte. Un vieil homme m'a ouvert. Etait-ce mon frère? Et la femme usée qui me rappelait une de mes tantes d'autrefois, était-ce ma belle-sœur? Ils étaient plus jeunes que moi. Peut-être leur paraissais-je aussi vieille, beaucoup plus vieille qu'ils ne s'y attendaient....

Dans ces occasions on peut facilement cacher ses impressions. On se salue, on dit des choses insignifiantes — et on s'habitue au visage des autres. J'avais apporté des petits cadeaux, cravate de soie, foulard, bonbonnière, quelques bibelots inutiles... Mon frère et ma belle-sœur m'ont remerciée, ne savaient très bien que dire, en répétant que je n'aurais pas dû... Et j'ai été gênée. Je n'ai pas le talent de faire des cadeaux, je les fais maladroitement, les gens ne se sentent probablement pas à l'aise quand j'essaie de leur donner quelque chose. Ou du moins j'ai cette impression. Moi non plus, je n'arrive pas à accepter spontanément des cadeaux. Seulement quand il s'agit de quelqu'un de très proche, mais c'est rare.

Ma belle-sœur a apporté un plateau avec des sandwiches et un plat avec des gâteaux, mon frère a ouvert une bouteille de vin. C'était le début de l'après-midi, comment leur expliquer que je venais de manger à l'hôtel et que je n'avais absolument pas faim? Ils m'invitaient à en prendre et reprendre, sans y toucher eux-mêmes. Ils me regardaient, j'ai donc mangé, en faisant l'éloge de tout ce qu'ils avaient préparé. Les gâteaux étaient d'ailleurs réellement délicieux. Quand j'ai pensé avoir satisfait à la politesse, j'ai fait encore deux ou trois éloges de la cuisine de ma belle-sœur et je me suis excusée, en inventant un régime que je devais suivre et en ajoutant que là où je vivais, on n'était pas accoutumé à manger aussi bien. Ils paraissaient affligés et m'ont contrainte à avaler encore un sandwich au jambon et un gâteau aux noix.

Tout cela m'amusait à la fin. C'était comme autrefois, chez mes cousines et grand-tantes à la campagne qui manifestaient leur hospitalité par une telle abondance de nourriture qu'on en tombait malade. Mon frère et ma belle-sœur voulaient certainement me montrer leur volonté de m'acueillir convenablement. (Pauvre belle-sœur, elle avait dû préparer ces gâteaux pendant plusieurs heures, jusque tard dans la nuit.)

Je ne serais pas capable de dire de quoi nous avions parlé. De rien d'important car nous n'avions pas beaucoup d'intérêts communs, mais le temps passait presque agréablement. En regardant mon frère, j'éprouvais une tendresse qui m'a surprise. Il me rappelait mon père, mais vieilli, tel que je ne le connaissais pas, tel qu'il aurait pu devenir s'il avait survécu à la guerre. Mon frère était d'une vingtaine d'années plus âgé que l'était mon père au moment de son arrestation — et c'est là que je l'avais vu pour la dernière fois...

Ils m'ont accompagnée à l'autobus. Mon frère semblait ému. J'étais désemparée, presque triste de les quitter. Je ne les reverrais que dans quelques années ou jamais. Je n'avais rien de commun avec eux — ou me suis-je trompée?

Une autre

Parfois, j'éprouve un vague sentiment de vivre la vie de quelqu'un d'autre. Pas une vie tout entière, seulement des bribes, quelques reflets qui ne sont pas vrais, que j'attribue à quelqu'un qui, souvent, n'existe pas ou que j'invente partiellement et à qui je me substitue par moments. Je sais que moi je suis moi, assise, au début du XXIe siècle, au balcon, sur les genoux un livre que j'ai cessé de lire. Le soleil miroite sur la mer, une cigale crisse dans les lauriers roses au-dessous de mes fenêtres. Et en même temps je suis à Varsovie dans les années trente. Les rues sont brûlantes de lumière, une poussière fine et dorée danse autour des trottoirs, les maisons ont des façades émouvantes d'un classicisme irréel. Mais peut-être les bâtisses qui longent les rues sont-elles de l'époque de Bolesław Prus et de Gabriela Zapolska. Solides, prospères et ennuyeuses. Mais elles ont aussi un charme. Une odeur humide et noire sort de leurs portes à demi ouvertes, quelque chose d'ardent et d'émouvant se cache derrière leurs fenêtres. Je n'y prête pas attention. Je suis ailleurs. Je me hâte; il faut que je sois dans un quart d'heure à l'université, j'y suis déjà un peu... Mais je m'arrête. Quelqu'un attend derrière la fenêtre en face. Une jeune fille qui n'a rien à faire. Elle voudrait se marier, mais elle ne connaît aucun garçon à qui penser. Les mariages ne se font pas par amour. Elle a peur de celui que ses parents lui choisiront. Il aura certainement une belle situation, mais il sera avare, pompeux et autoritaire. Et il sera beaucoup plus âgé qu'elle. — Je suis heureuse de ne pas être à la place de cette fille qui n'existe pas.

Est-ce que ce sont les souvenirs d'une de mes amies, morte depuis plusieurs années? C'est ainsi que cette image m'apparaît à présent, mais je sais que ce n'est pas vrai. Ces "souvenirs" sont inventés. Elle n'avait jamais pu me les communiquer. D'ailleurs elle n'avait pas vécu à Varsovie, mais à Cracovie. Je la vois devant moi plus nettement que quand j'étais assise en face d'elle. Elle m'était proche, elle l'est toujours.

Pendant quelques instants, je cesse d'être dans une rue à Varsovie. Je me trouve dans son appartement exigu, envahi de livres, où l'on n'a pas où s'asseoir. Elle prépare du thé, très foncé. Je ne suis pas habituée à son goût amer; il est trop chaud et je me brûle les lèvres. De quoi parle-t-elle? Je l'écoute et je suis émerveillée. Elle est veuve depuis quelques mois, mais son mari semble entrer dans la pièce. Il était beaucoup plus âgé qu'elle; ils vivaient ensemble pour faire quelque chose... Elle n'en a jamais parlé. Je le devine et je suis émue. Tout cela se confond. Un vertige de pensées, de désirs, d'attentes remplit le salon. On peut faire quelque chose...

Puis je reviens à Varsovie au moment où je n'y avais pas été. J'ai devant les yeux diverses rencontres, quelque chose se passe, ou plutôt plusieurs choses se passent à la fois; difficile de les saisir, pourtant elles sont toutes proches, elles m'échappent et m'accaparent, elles s'entrelacent et brillent.

Je pourrais me raconter des histoires étalées dans le temps: une jeune fille va à l'université, a peur des examens, rencontre quelqu'un, hésite, a des remords, part précipitamment, puis, elle est assise dans un café un peu humide, sombre et solennel, quelqu'un lui parle, elle voudrait lui plaire, mais elle s'embrouille, ne sait comment se corriger, mais l'homme lui sourit, c'est imperceptiblement beau, si fragile que l'on n'en trouve pas le nom, un autre homme entre dans la salle... Le connaît-elle? Elle est un peu fière sans savoir pourquoi. Elle se promène dans un parc, passe un après-midi au bord de la rivière (seule? avec quelqu'un? avec qui?), les herbes sentent très fort... Puis elle est assise de nouveau dans un café, regarde par la fenêtre. Revenue à la maison, elle revoit le miroitement de l'eau... Mais ce qui pourrait être raconté par des épisodes successifs s'entasse. Les souvenirs de ce que j'avais éprouvé à des moments différents — et que je n'avais jamais éprouvé en réalité — surgissent simultanément, ils se superposent, ne créent qu'une seule image confuse et éblouissante.

Je n'ai pas connu la Varsovie de 1930. Ce n'est que beaucoup plus tard que j'ai regardé les ruines des maisons que je pense avoir à présent devant les yeux. Ces maisons sont intactes, mais elles sont déjà marquées par la destruction qui les attend, par l'éternité... Je me répète:

“Personne n’est si faible qu’il ne puisse sauver le monde.” J’en suis enivrée. Avais-je lu cette phrase hier, assise à mon balcon face à la mer? Ou à un autre moment? Quand? Qui l’avait écrite? Ou existe-t-elle sans jamais avoir été prononcée? Dommage que les gens ne s’en rendent pas compte. Mais comment les convaincre? Une vague de bonheur m’envahit, une nuée de lumière.

Je sais que ce n’est pas vrai. Que pourrais-je faire? Je suis une modeste étudiante. Les talons de mes chaussures sont usés, je porte la même jupe depuis trois ans. J’économise affreusement. Souvent je ne mange à midi que deux oeufs brouillés. Ou je flâne dans les rues, je m’assieds dans un jardin public et j’essaie de lire, ou je passe plusieurs heures à la bibliothèque et seulement à la fin de l’après-midi, où j’ai vraiment faim, je m’achète un croissant. Et au théâtre je ne connais que le poulailler. Mais j’y vais souvent, toujours avec un groupe de jeunes filles et garçons et nous revenons ensemble à la maison, sous un ciel sombre qui brille.

Parfois je me sens effacée, couverte de poussière, grise et incertaine. Je fais des gaffes et j’en ai honte. Je m’endors sur mes livres, je ne terminerai jamais ce que j’ai à faire.

L’image de Varsovie s’amalgame avec un morceau de mes années universitaires à Prague. Je partage une chambre vétuste avec une fille sérieuse et gentille qui est rarement là. Je suis un peu gênée devant elle. Elle est fiancée, va devenir médecin et semble savoir ce qu’elle veut. Elle vit déjà ce qu’elle vivra dans cinq, dix, vingt ans. Tout est clair devant elle, tandis que tout étincelle et tourbillonne devant moi. Mais parfois nous passons une soirée ensemble. Nous sommes fatiguées des cours à l’université, de la chaleur, des manuels, des dictionnaires. Nous buvons du thé et nous parlons de nos familles, de nos amis, de ce qu’il faut faire, que nous devons faire, de ce que nous ferons... La pièce s’éclaircit. Nous avons le sentiment que quelque chose nous attend, que nous pouvons faire... Le lendemain, nous avons honte de notre enthousiasme. Nous n’en parlerons plus.

La rue de Varsovie flotte, se remplit de joie. Un brin

d'inquiétude se cache dans cette joie, mais la joie ne peut pas être sans inquiétude. Il est d'ailleurs agréable d'avoir un peu peur. Pas beaucoup. C'est un jeu. Je me hâte, je cours presque — et je reste sur place. J'ai le sentiment de quelque chose de précieux. Je suis éblouie. Encore un moment...

Quelqu'un m'appelle. Je me retourne et je vois un visage connu. Je me réjouis d'avoir rencontré quelqu'un qui se réjouit de me rencontrer. Mais je reste interdite. Je ne pense que rarement à cet homme. Pendant des mois, j'oublie son existence. Mais maintenant, je viens de m'en souvenir sans que je sache pourquoi. Et il apparaît devant moi. Ces choses m'arrivent quelquefois et elles m'inquiètent. C'est étrange. Je ne m'habitue que lentement et avec réticence à ce que je ne peux pas m'expliquer. Je voudrais l'éviter et j'essaie de me convaincre que je me suis trompée. C'est seulement après avoir vu la silhouette de cet homme que j'avais l'impression de m'en être souvenue quelques secondes auparavant. Mais je n'en suis pas sûre, ou plutôt je sais que ce n'est pas vrai. Il y a quelque chose d'inexplicable. Mais est-ce inexplicable? J'ai peur des sciences occultes, des communications au-delà de la raison. C'est un marécage, on pourrait s'y noyer, une folie guette. Mais je suis attirée par ce qui m'échappe. Je ne peux pas m'empêcher d'éprouver une existence double ou multiple, de me trouver devant les sensations mouvantes qui s'entrechoquent, dont je ne perçois pas le fond et qui pourtant m'éblouissent et m'angoissent.

Il ne s'agit pas seulement de rencontres imprévues. Parfois, je suis pour la première fois dans une ville, à un endroit auquel je n'ai jamais pensé auparavant. Et d'un seul coup je sais ce qui se trouve dans la rue vers laquelle je suis en train de me diriger, quelle fenêtre s'ouvre dans la maison que je verrai dans quelques instants. Une ou deux fois, je me suis hasardée à le dire à quelques amis, mais c'était un échec.

Il y a quelques années, je me suis trouvée avec un groupe d'écrivains à Helsinki. Le soir était lumineux et opaque. J'avais le sentiment beau et bizarre d'y avoir été depuis toujours. J'ai été heureuse de passer par une rue où le jour ne se terminait pas, avec les gens qui racontaient des blagues et qui riaient. C'était comme si je marchais cinq centimètres au-dessus du trottoir. J'ai commencé à leur décrire ce que nous verrions dans une autre rue, sur la place, au bord du quai: un arbre vétuste, quelques restaurants illuminés et bruyants, une pharmacie fermée, un pêcheur un peu ivre... C'était un jeu. Nous plaisantions, mais ils me regardaient avec méfiance et je me suis trouvée à la fin mal à l'aise. J'ai voulu m'arrêter, mais à ce moment, ma description s'est révélée exacte. Ils en étaient aussi surpris que moi. C'était insolite et à l'avenir, j'évitais de telles plaisanteries. Mais je ne me suis pas débarrassée de la sensation de connaître parfois des lieux où je n'avais jamais été, de savoir exactement ce qui allait se passer dans dix minutes. Ces sensations sont rares, elles arrivent de façon imprévue et il est possible de les oublier presque complètement.

Je suis convaincue que tout le monde a de telles expériences, mais a honte d'en parler. Toutefois c'est étrange. D'ailleurs, selon la loi de la probabilité, certaines choses inventées se révèlent réelles. Ou il s'agit de réminiscences de lectures oubliées.

Il me paraît plus beau de me souvenir de ce que j'ai vécu (ou ce que je n'ai pas vécu) que de le vivre directement. Mais m'en souviens-je? Je sais que j'en invente une grande partie... Le temps se balance, tout vient et revient, tout est incertain, tout est possible, tout est comme entouré d'un miroitement odorant. Je suis ce que je suis, ce que je ne suis pas... Comment le saisir?

Le soleil se couche. La mer devient orange, puis rosâtre. L'île en face de chez moi s'assombrit. Il faut que je me prépare le dîner. Et puis, j'attendrai les deux chauves-souris qui voltigent chaque soir devant mes fenêtres. Les tamaris s'enfonceront dans les ombres, la première étoile apparaîtra derrière les pins parasols.

Erreur ou malentendu?

Avait-elle la même impression? L'impression que quelque chose s'est cassé? Le mot n'est pas juste. Ce n'était pas un craquement, une déchirure, c'était presque imperceptible, comme une cassure feutrée, invisible. Ou c'était plutôt une fêlure qui se créait lentement, qui existait peut-être depuis toujours et dont je me suis rendu compte seulement à ce moment. Il serait difficile d'expliquer pourquoi. Rien ne s'est passé. Nous parlions comme d'habitude, plaisantions, nous nous racontions quelques blagues, buvions du porto, mangions des biscuits, tout était parfaitement normal, presque agréable. Mais c'était à la surface, c'était artificiel. Il y avait des endroits sourds, des brins de quelque chose de figé que je ne saurais nommer, une opacité, un vide à peine caché. L'avait-elle senti comme moi? Je n'osais pas fixer son visage car je n'aurais pas voulu y découvrir les mêmes sentiments. J'aurais voulu que tout fût comme autrefois. Mais soudain, je suis restée interdite: en quoi consistait au juste ce qui avait été autrefois? Elle était intelligente et elle m'était sympathique. Mais était-ce assez? Et qu'est-ce que j'aurais voulu de plus?

Elle m'a apporté un cadeau de Noël, j'ai préparé pour elle une bonbonnière et un petit bibelot. C'était ainsi convenu entre nous depuis plusieurs années, sans qu'on en ait jamais parlé. Je ne sais même pas à quel moment cette coutume s'est installée entre nous — et pourquoi. Nous nous rencontrions habituellement dans les premiers jours de l'année, nous échangions des vœux et nous passions deux ou trois heures ensemble. Je ne me creusais pas la tête avec le choix de cadeaux pour elle, et elle certainement pas non plus avec ceux pour moi. Elle était gourmande, je lui achetais des marrons glacés, auxquels j'ajoutais parfois un calendrier du Louvre ou du Musée de Cluny et elle me donnait, je ne savais pas pourquoi, des livres qu'on lit dans le train ou pendant les vacances (que je ne détestais d'ailleurs pas), et quelquefois aussi des monographies plus intéressantes sur la peinture moderne.

Tout s'est passé comme les années précédentes. Peut-être trop "comme les années précédentes". Mais en même temps, c'était différent. A un moment, ce qu'elle me disait ne m'intéressait pas, je m'ennuyais, je n'avais rien à ajouter, je prononçais des phrases décousues dont j'étais gênée. Sans le vouloir, j'ai commencé à regarder ma montre, le temps était interminable. C'était un soulagement quand elle a enfin pris congé. Mais j'ai été déconcertée. J'éprouvais ce que je ne voulais pas éprouver. Quand je l'ai vue entrer dans l'ascenseur, j'ai été presque triste, j'aurais voulu la retenir, réparer quelque chose, dire encore..., mais je n'avais rien à lui dire.

Le sentiment étrange, une ombre du vide qui restait dans la pièce après son départ, était-ce la déception devant le livre, un peu vulgaire, qu'elle m'avait donné? Cette idée m'a surprise et j'en ai eu honte. Ce serait ridicule. Je le regardais plus attentivement — et le livre m'a paru moins vulgaire, presque normal. Tout le monde n'a pas le même goût. Je n'aime pas les biographies de personnes vivantes ou de personnes récemment décédées. C'est une publicité bon marché, souvent à scandale. Mais beaucoup de lecteurs se délectent de ce type de récits-reportages, souvent sans vouloir l'avouer. Chez mon coiffeur, je m'informe d'ailleurs sans trop de scrupules, dans des magazines à sensation, des dernières mésaventures de la famille royale d'Angleterre ou je m'amuse à apprendre quelques nouvelles frasques de la princesse de Monaco. Mais il ne me viendrait pas à l'esprit de mettre un tel ouvrage dans ma bibliothèque.

Il est difficile de choisir des cadeaux. Avec la meilleure volonté du monde, les gens se trompent. Il faut apprécier leur bonne volonté. Mon amie (amie?) n'aurait certainement pas voulu me blesser. Je ne me sentais d'ailleurs pas blessée. Il n'est pas nécessaire de lire le livre qui me répugne un peu. Une telle bêtise ne pourrait pas gâcher notre amitié. Mais était-ce une amitié? Ou était-ce une autre chose? Mais quoi? Et pourquoi m'en apercevoir à ce moment?

L'atmosphère de fête que j'aurais voulu créer s'est éteinte. Elle n'a peut-être jamais existé. La crèche que j'avais posée sur une étagère était artificielle, poussiéreuse. Tout était faux. Pendant quelques instants, j'essayais de ne penser à rien. D'être ailleurs ou nulle part. Je suis restée immobile, rien ne bougeait.

Après quelques minutes, l'amertume, le mécontentement, le sentiment d'une déception (par elle, par moi-même?) ont commencé à se dissiper, comme d'habitude dans de telles situations. Tout le monde le sait: On ne dit pas toujours ce qui convient, les autres ne réagissent pas toujours de la façon à laquelle on s'attendait. Chacun d'entre nous est alors mécontent, déconcerté, puis, on se rend compte que ce n'était pas grave, on l'oublie. Maintenant c'était pareil. Tout ce que je venais d'éprouver était sans importance. Je me suis trompée. Rien ne s'est passé, mon amie m'a quittée en souriant, nous nous sommes embrassées. Elle ne s'est aperçue de rien, elle ne se doutait de rien, il suffit de ne pas y penser, de tout oublier et l'expérience de cet après-midi ne jouerait aucun rôle dans nos rapports. Nous nous verrions la semaine prochaine, ou un peu plus tard peut-être, et nous passerions de nouveau ensemble quelques moments agréables. C'est moi qui avais inventé des choses qui n'existaient pas... Mais je ne savais pas ce que j'avais inventé. Il n'y avait rien de précis, seulement quelque chose qui me gênait vaguement et cela était déroutant, triste.

Peu à peu, j'évoquais diverses scènes de nos anciennes rencontres. Je ne voulais pas les évoquer. Elles émergeaient devant moi contre ma volonté et j'en étais embarrassée. Je ne voulais pas penser de cette façon. Je me répétais que mon amie était gentille, généreuse, intelligente, mais j'étais déjà obligée de me le répéter, et même de me le répéter deux fois. En essayant de me convaincre de ses qualités, j'ai commencé à les mettre en doute. Les choses que je voulais penser étaient comme doublées d'autres choses, d'autres images de mon amie, qui m'importunaient et qui me déplaisaient. Une fois, elle avait promis quelque chose et puis elle ne l'a pas fait, une autre fois, elle a prononcé des propos qui m'ont déçue, elle n'a pas réagi à certains événements de la façon à laquelle je m'attendais... C'étaient des bêtises, rien de grave, à l'époque je ne m'en suis même pas aperçue. Ou j'étais capable de ne pas m'en apercevoir, car j'étais convaincue qu'elle m'était proche. Pourquoi en doutais-je maintenant? A-t-elle changé? Ou est-ce moi qui ai changé? Mais quand et pourquoi?

Puis, je me suis dit que c'était certainement moi qui

avais tort, qui avais commis une faute. Peut-être l'avais-je déçue: elle avait besoin de moi et je n'ai rien fait, je ne lui ai pas dit ce qu'elle attendait de moi. Mais elle ne m'a jamais fait connaître de telles choses. Peut-être étais-je insensible, incapable de comprendre, de lui répondre, de lui faire plaisir. Mais est-ce que l'amitié consiste à faire plaisir?

J'aurais bien voulu trouver une faute, une erreur. Je préférerais que ce fût une faute à moi, pas à elle. Ce serait plus facile. Je pourrais m'excuser et elle me pardonnerait. Mais pour trouver et réparer une erreur, il faudrait la nommer — et il n'y avait pas de mots pour des impressions vagues, fuyantes et pénibles qui m'assaillaient. Ou du moins je ne connaissais pas de tels mots. C'était amorphe, approximatif, incertain, je pourrais difficilement parler d'une erreur. Le sentiment que j'éprouvais n'était pas une réaction à un acte quelconque, à un acte commis par moi ou par elle, c'était comme une pâte qui remplissait la pièce, pénétrait dans les meubles, dans les tasses, dans les livres — mais cette pâte pouvait disparaître à chaque instant, laissant pourtant derrière elle le goût de quelque chose de suspect qui n'a jamais existé.

J'ai cessé de penser à mon amie. J'aurais seulement voulu trouver le mot pour ce que j'éprouvais. Mais je n'y parvenais pas. C'était comme une substance flottante, pas même une substance. Comment exister avec des choses, des sentiments et des désirs qu'on n'arrive pas à nommer? Est-ce que ce qui n'a pas de nom est réel? Je sais qu'il faut répondre affirmativement, mais il y a une différence entre dire et percevoir, entre vivre ce qu'on dit — et ce qu'on ne dit pas, ce qu'on est incapable de dire. Même cette différence est difficile à définir et il serait impossible de l'expliquer.

Je me suis préparé le dîner. Le pain était gluant, le jambon insipide. J'ai essayé de lire. Le livre me paraissait inutile.

Comment faire?

Je voudrais pouvoir aimer quelqu'un. — Dès que cette idée me vient à l'esprit, je me rends compte de son extrême banalité. De plus, elle est imprécise. Mais je ne trouve pas d'autres mots. Le désir de pouvoir aimer quelqu'un n'a rien à voir avec ... mais avec quoi? C'est compliqué.

Certes, je voudrais aussi être aimée. Mais ce n'est pas la même chose. Ou peut-être est-ce la même chose, mais vécue différemment. Chaque sentiment est d'ailleurs différent, à la fois stable et flottant; il est difficile de le saisir. Je ne sais même pas si tout ce que j'éprouve ne se métamorphose pas un peu à chaque moment, sans que je m'en rende compte.

Je me sentais parfois mal à l'aise (ou même coupable) quand quelqu'un me faisait comprendre (ou m'affirmait) qu'il m'aimait. Souvent je ne saurais expliquer pourquoi. Ou plutôt j'éprouvais des sentiments mélangés: le plaisir et la crainte de décevoir, de ne pas faire ce à quoi on s'attendait, de gâter tout en peu de temps.

Mais même pouvoir aimer n'est pas facile. On devrait en demander la permission, mais cela ne se fait pas, on ne dispose pas de mots et de gestes appropriés pour le faire.

Quand j'avais sept ans, un de mes oncles s'est marié. Il était resté longtemps célibataire et la famille était convaincue qu'il ne se marierait jamais. Ma mère et mes tantes étaient déçues, ma grand-mère se taisait, mais elle se taisait si ostensiblement qu'on devinait son mécontentement. Ce n'était d'ailleurs pas un vrai mécontentement, plutôt une sorte d'embarras, quelque chose qu'elle ne saurait définir elle-même. Tout le monde était persuadé de se comporter correctement et gentiment envers la nouvelle parente. Mais quelque chose clochait. Mon oncle, habituellement gai et sûr de lui, devenait hésitant, comme s'il voulait s'excuser, mais le plus souvent, il était irrité. Ma nouvelle tante souriait, regardait par la fenêtre, essayait d'être polie, mais avec un air impersonnel comme si rien de ce qui se passait chez nous ne la concernait. Deux ou trois fois, j'ai entendu des bribes d'observations comme "Annette (tel a été le prénom de ma nouvelle tante) n'avait même pas un trousseau; c'est son mari qui a dû acheter les meubles; elle n'avait aucune dot quoiqu'elle travaillât depuis plusieurs années à la banque et eût pu se faire quelques économies; elle a apporté dans la maison de son mari du linge sale, et sa famille, n'en parlons pas..." Je ne comprenais pas la plupart de ces propos et je serais incapable de dire qui les avait prononcés. Quand je suis entrée dans la pièce, tout le monde s'est tu et ma mère a vite commencé à parler de choses qui n'avaient apparemment rien de commun avec ce que l'on disait auparavant.

Cette nouvelle tante n'était pas appréciée chez nous— et cela aurait suffi à me la faire aimer. Mais il y avait d'autres raisons encore. Elle était différente. Une odeur particulière émanait de ses mouchoirs, elle utilisait du rouge à lèvres (chose inouïe chez ma mère et chez mes autres tantes), elle portait des souliers aux talons très hauts et se balançait un peu quand elle traversait la cuisine de ma grand-mère. (Mon oncle vivait en effet dans la maison de ma grand-mère et continuait à partager avec elle son appartement; on ne parlait jamais de son appartement à lui — et c'est ce qui créait probablemant la plupart des malentendus et des frictions.)

Tant que je pouvais, j'essayais de m'approcher de ma nouvelle tante et je supportais avec fierté les regards désapprobateurs de ma mère. Auparavant, je n'aimais pas beaucoup les visites chez ma grand-mère. Sa cuisine où, deux ou trois fois par semaine, j'étais obligée de passer avec ma mère tout l'après-midi, était mal éclairée, on parlait de choses qui ne m'intéressaient pas, je m'ennuyais ostensiblement et ma mère me regardait d'un air réprobateur. Maintenant, je m'y précipitais avec impatience et je pressais même ma mère d'y aller plus souvent. Elle n'était pas dupe des raisons de mon subit engouement pour ces visites et ne cachait pas son mécontentement étonné. Mais ma nouvelle tante ne s'en apercevait pas, ou semblait ne pas s'en apercevoir. Elle était gentille envers moi comme envers tout le monde, mais impersonnellement. Je mettais ma chaise à côté de la sienne, elle s'est éloignée un peu comme si cela la dérangeait. J'en ai été malheureuse. Je ne savais pas comment lui prouver que je l'aimais beaucoup, comment faire qu'elle s'en apperçût, qu'elle me répondît ... Elle restait souriante et indifférente. J'ai redoublé d'efforts.

Un dimanche, nous avons été invités à déjeuner chez ma grand-mère. J'ai été ravie. Je me suis arrangée pour être assise à côté de ma nouvelle tante. J'ai placé ma chaise le plus près possible de la sienne, je pouvais presque la toucher. La cuisine où nous mangions était petite, nous étions serrés autour de la table. Ma tante essayait de se dégager un peu, mais elle n'y parvenait pas. Elle avait du mal à se servir de sa cuillère, je la gênais. Mon oncle regardait la scène avec irritation. A la fin, il s'est adressé à moi brusquement: "Laisse donc manger ta tante tranquillement et ne la bouscule pas toujours..." Ma tante n'a rien dit, elle me semblait soulagée. Je me suis détachée d'elle, comme je pouvais, et je me sentais les larmes aux yeux. L'humiliation me brûlait. J'ai mangé et mangé, sans savoir ce que j'avalais. Personne ne s'intéressait plus à moi, on parlait d'autres choses. J'étais affreusement seule, si seule que ça ne valait pas la peine d'ouvrir les yeux, de faire quoi que ce soit.

J'ai cessé de me réjouir des visites chez ma grand-mère, je les évitais même et quand j'étais obligée d'y passer quelques heures avec ma mère je m'arrangeais pour avoir sur moi des livres que je lisais sans m'arrêter. Au début, les lettres m'échappaient quelquefois quand ma tante entrait dans la pièce, mais mon désarroi s'estompait peu à peu et à la fin, rien n'en est resté. Ma tante m'est redevenue étrangère. Quelques années plus tard, mon oncle a divorcé, je pense qu'elle s'est installée dans une autre ville, peut-être s'est-elle remariée... Mon oncle, lui aussi a quitté ma ville natale après la mort de ma grand-mère, il s'est remarié, avait des enfants que je connais à peine...

Ensuite, j'étais plus prudente, mais pas suffisamment. J'essayais de cacher mes sentiments, de ne pas montrer trop ouvertement que je voudrais être à côté de quelqu'un, de le rencontrer, de lui parler ... Je n'y parvenais pas toujours.

J'admirais de loin la fille de notre médecin. Elle était du même âge que moi, nous fréquentions la même classe, mais je n'ai pas réussi à être assise à côté d'elle. Peut-être n'essayais-je même pas de l'obtenir. A ce moment, je préférais déjà mettre une petite distance entre moi-même et celui que je pensais ou que je voulais aimer. Mais c'était encore inconscient. Plus tard, je le faisais délibérément. Par crainte? Que craignais-je?

Quelquefois je regardais furtivement de son côté. Un jour, alors que notre institutrice a fait l'éloge de ma copie, j'ai jeté un coup d'œil sur la fille. J'ai été contente qu'elle fût dans la classe lors d'un examen où je me suis distinguée. J'aurais voulu attirer son attention, peut-être même être appréciée d'elle. Mais je n'ai parlé que rarement avec elle, et seulement de choses insignifiantes. J'imaginais sa chambre, ses livres, ses soirées avec son père qui était veuf et vivait avec une vieille tante ou cousine... Je suppose qu'elle ne s'est jamais doutée de mes sentiments. Je rougissais à la seule pensée qu'elle pourrait les deviner.

Puis, j'ai quitté la ville. Tout a changé, j'avais d'autres soucis, d'autres désirs, d'autres choses s'ouvraient, me tentaient, m'inquiétaient... Je ne sais pas ce que cette fille est devenue.

J'ai rencontré encore quelques personnes, hommes et femmes, que j'aurais voulu aimer (aimer? il faudrait inventer un autre mot...). Une ou deux fois, j'ai essayé de le leur montrer maladroitement. C'étaient des échecs. Ils ne s'en apercevaient pas ou me semblaient étonnés. Je me sentais humiliée. Mais ce sentiment ne me brûlait plus avec une aussi grande acuité que dans mon enfance, il pâlissait peu à peu, disparaissait, je m'y suis habituée. Mais quelquefois, j'éprouve un bizarre inassouvissement.

Avant de m'endormir, j'imagine parfois une vieille maison un peu courbée, entourée d'un jardin, à moitié sauvage. Je me trouve dans une grande pièce chaude et ensoleillée. Elle est peinte à la chaux et sent le miel et la lavande. Le plancher craque légèrement, les branches d'un pommier se balancent devant la fenêtre, la touchent presque, s'éloignent... Une femme est assise à la table et épluche des pommes de terre, un vieux lainage est accroché près de la porte, quelques manuels de l'école primaire traînent sur une étagère. Appartiennent-ils à une de mes nièces, à une cousine? Et cette femme est-elle ma tante? Ou ma grand-mère? Elle attend quelqu'un. Une autre tante? Un cousin? Peut-être est-ce moi qu'elle attend.

Je ne saurais dire qui habite dans cette maison, mais j'y suis chez moi. Tout le monde s'aime, ou plutôt tout le monde y est ensemble, heureux d'être ensemble. Pas nécessaire d'en parler, de le montrer, de s'interroger. Ça va de soi. On ne sait même pas qu'on est heureux. Je sens qu'une main caresse légèrement mes cheveux. Quelqu'un frappe à la porte, le facteur probablement qui apporte un journal. Ou une voisine qui va nous dire quelque chose d'insignifiant, pour parler seulement un peu, de n'importe quoi. Le temps passe sans passer. Rien ne bouge, tout semble y être depuis toujours, pour toujours. Pourtant je n'ai pas le sentiment d'une immobilité. C'est plutôt une plénitude. Je suis à l'abri. J'éprouve quelque chose d'inouï, pas nécessaire de le nommer...

Mais cette maison n'existe pas. Elle n'a jamais existé.

Une soirée

Je ne sais pas ce que je veux. Quand, après une conférence, personne ne m'invite pour prendre un verre avec les autres, je suis déçue. Et quand quelqu'un m'invite, je ne refuse pas, ça me fait même plaisir, mais souvent, après m'être trouvée dans un café ou dans un restaurant avec quelques collègues et leurs amis, je me rends compte de ne pas avoir grand-chose de commun avec eux. Bien sûr, il faut surmonter cette vague de malaise, mais je ne réussis jamais. Je m'efforce vainement de participer au bavardage des autres; c'est artificiel, tout le monde le voit, il me semble que mon voisin regarde par la fenêtre quand j'essaie de raconter quelque chose, je m'embrouille... Parfois je me trouve ainsi avec des gens dont je connais certains bien ou assez bien — et d'autres très peu ou presque pas.

La semaine dernière, c'était pareil. La brasserie s'enfonçait dans la fumée, quelqu'un riait, on buvait à la santé — je ne savais pas de qui... J'ai été assise à côté d'un homme dont je devinais le nom, mais je n'en étais pas sûre. Je me tenais un peu en retrait, je ne me mêlais pas à la discussion. Mais était-ce une discussion? Plusieurs personnes parlaient à la fois, puis, une collègue racontait quelque chose, j'aurais bien voulu suivre ce qu'elle disait, mais elle était de l'autre côté de la table et ses mots se perdaient dans le bruit indistinct et monotone de la salle. J'étais ailleurs, les bouffées de fumée se métamorphosaient en un paravent qui faisait somnoler, les voix semblaient venir de si loin qu'elles ne me concernaient pas. Par moments, je revenais pourtant dans la salle où j'étais, j'avais honte de ne pas avoir suivi ce qui s'y passait, mais je ne pouvais plus réagir à ce qu'on disait — je ne savais pas de quoi on parlait — je me contentais donc d'adresser un sourire à la collègue qui venait de terminer une phrase ou j'approchais la tasse de mes lèvres et faisais semblant de boire encore mon café quoique cette tasse fût depuis longtemps vide. L'air flottait autour de moi.

Puis, je me suis aperçue que l'atmosphère devenait gênante. Je ne saurais dire pourquoi. Apparemment, rien ne s'est passé. On continuait à parler, je ne suivais plus la conversation, mais il y avait quelque chose d'insolite. J'ai entendu dire: "Il ne faut pas, n'en parlons pas, ça ne vaut pas la peine..." L'homme à côté de moi était excité, il me semblait ivre. Comment avait-il pu devenir soûl? A ma connaissance, il n'avait bu qu'une ou deux chopes de bière. Personne n'a d'ailleurs bu à l'excès. Peut-être était-il malade; certains gens ne supportent pas l'alcool. Je ne m'intéressais pas à lui et pendant la soirée, je n'ai échangé avec lui qu'une ou deux phrases. Je regardais de l'autre côté, je ne savais pas ce qu'il faisait pendant ce temps-là.

Mon voisin parlait à haute voix et je commençais à saisir le sens de ses mots, mais l'ensemble m'échappait. Il répétait: "C'est à cause d'elle que sa sœur s'est noyée..." Il semblait parler de quelqu'un qui se trouvait dans la salle. Je me suis retournée. S'agissait-il de quelqu'un qui était assis derrière moi? Et de qui? La table derrière moi était inoccupée. Le convive à côté de moi est-il devenu fou? J'aurais bien voulu m'écarter, m'en aller, j'avais même un peu peur, il pourrait casser quelque chose, verser sur ma jupe le reste de sa bière, provoquer un scandale..., mais je ne savais pas comment prendre congé. J'ai déplacé légèrement ma chaise. Le plancher a craqué. Tout le monde me regardait — ou il me semblait que tout le monde me regardait. Je ne savais pas qu'en penser. Personne ne parlait. Contrairement à l'atmosphère habituelle d'un restaurant au milieu de la soirée, il y régnait un silence bizarre, on pourrait entendre chaque toussotement, chaque tintement de verres ou craquement du plancher. Il aurait fallu dire quelque chose, raconter une blague, effacer ce silence, mais aucun mot ne m'est venu à l'esprit. La collègue assise en face de moi que je considérais parfois comme une amie, a commencé à se moucher quoi qu'elle ne fût pas enrhumée. L'homme à côté de moi ne cessait pas de me fixer. Il devenait agressif. A la fin, il a lancé: "C'est bien de vous que je parle..."

Je ne savais que dire. Je n'avais pas de sœur et personne ne s'est noyé dans ma famille. L'homme ne me lâchait plus. Il parlait et parlait, sa voix résonnait, on pouvait l'entendre dans toute la salle, jusque dans la rue.

Les joues me brûlaient. Il racontait sur moi des choses dont certaines étaient vraies et les autres fausses d'une fausseté mesquine et haineuse. Il savait où j'étais née, où j'avais travaillé, avec qui je collaborais. Comment a-t-il pu le savoir? Je n'avais aucune idée de ce qu'il faisait, lui, je connaissais à peine son nom. Mais il m'attribuait également une sœur inexistante qui se serait noyée à cause de moi, il m'assurait que mon père se serait compromis pendant l'occupation nazie, bien que mon père fût mort avant la guerre, et il m'accusait d'avoir un grand-père, industriel riche et malhonnête, qui aurait volé ses employés. — Un des mes grands-pères a été un petit tailleur à Vienne et l'autre travaillait à la campagne chez un fermier. Les deux sont morts avant ma naissance. Devais-je raconter l'histoire de ma famille devant cette société indifférente et gênée?

C'était incompréhensible. Comment réagir? Dois-je me justifier? J'éprouvais un dégoût à la seule idée de pouvoir entamer un dialogue avec cet ivrogne qui commençait à baver — et devant des collègues embarrassés et ennuyés. Y a-t-il des gens que je ne connais pas et qui s'intéressent à moi? Mais pourquoi? Et pourquoi inventent-ils des choses fausses, que je pourrais démentir facilement, mais que je ne démentirai pas parce que je ne saurai jamais ce qu'on raconte sur moi. Cette rencontre était en réalité une chance pour moi. J'ai découvert une chose à laquelle je n'aurais jamais pensé. L'homme qui était assis à côté de moi n'était certainement pas seul à diffuser de telles saletés. Quelqu'un les lui avait racontées d'après ce que quelqu'un d'autre a dû raconter... Je ne connaîtrai jamais ces gens et je ne tiens pas à les connaître. La seule défense serait de me moquer de lui, mais j'étais trop fatiguée pour inventer une blague. Et aussi trop triste. Pas à cause de cet incident. Il pouvait m'être indifférent ce que pensait de moi quelqu'un que je ne connaissais pas et qui ne me connaissait pas non plus. Je ne suis sûrement pas seule à inspirer ce type de mesquineries. Mais pourquoi?

Mon voisin parlait toujours, il semblait se délecter, jubiler; je ne l'écoutais plus. Mais il fallait dire quelque chose. Quand il s'est arrêté pour reprendre haleine, j'ai prononcé le plus lentement et le plus tranquillement possible: “Je n’avais pas de sœur, personne ne s’est noyé dans ma famille, mon père est mort avant la guerre.” J’avais l’impression de parler très haut, on aurait pu m’entendre dans la salle entière, les gens à d’autres tables se sont retournés peut-être, mais il n’y avait presque plus personne dans le restaurant et en tout cas, personne ne s’intéressait à ce qui se disait à notre table. La collègue qui était assise en face de moi et qui était de plus en plus embarrassée a ajouté à voix basse, comme si elle voulait s’excuser, que vraiment, d’après ce qu’elle savait, je n’avais jamais de sœur... Mon voisin s’est confondu et m’a regardée, mécontent et irrité. Tout le monde se taisait. Je n’avais rien à ajouter. Je ne m’excuserai pas de ne pas avoir eu une sœur qui se serait suicidée à cause de moi... Mon voisin essayait encore de dire que si j’avais eu une sœur... Mais les autres ne l’écoutaient plus. Chacun regardait quelque part ailleurs, sans regarder réellement.

Puis, un collègue a demandé au garçon de lui apporter un paquet de cigarettes, quelqu’un a toussoté, une jeune fille dont je n’avais pas encore remarqué la présence, s’est mise à bavarder à haute voix avec sa voisine qui ne l’écoutait pas. On s’efforçait de parler d’autres choses, un de nos assistants a raconté comment il avait passé ses dernières vacances, un autre a ajouté quelques histoires de ses voyages en Grèce... Mais nous n’avions plus rien à nous dire. Mon voisin murmurait encore qu’il ne comprenait pas pourquoi on lui avait raconté tout cela, que lui, il n’y était pour rien.... Je ne lui ai pas demandé qui était ce “on”. Quelqu’un que je n’ai probablement jamais rencontré et que je n’ai pas envie de connaître...

A la fin l’homme a été presque gentil envers moi. Certes, il ne s’est pas excusé, mais il se comportait comme s’il était prêt à me pardonner de ne pas avoir poussé une sœur inexistante au suicide. Je ne lui en voulais pas. Il n’était pas pire que les autres, peut-être seulement plus naïf. Les gens qui inventent de telles choses ne voudraient certainement pas que je le sache. Mais qui étaient ces gens? Ce n’était pas leur nom qui m’intéressait, mais leur mentalité, leurs sentiments... Je n’arrivais pas à me les imaginer.

J'ai été contente quand tout le monde s'est levé et je me suis trouvée enfin seule dans la rue grise, glissante, sous une pluie fine et froide.

Je marchais lentement vers la station du métro, je l'ai dépassée, je continuais à marcher. Il n'était pas très tard, dix heures, dix heures et demie au plus. Je n'ai pas regardé ma montre. Il y avait quelques bistrots et brasseries éclairés, j'ai croisé deux ou trois couples, un groupe de jeunes gens, peut-être d'autres personnes encore... Je ne leur prêtais pas attention, je ne les voyais pas réellement, je ne pensais pas. J'avais un sentiment vague de flotter un peu au-dessus des trottoirs, de m'effacer, de ne pas être... J'aurais voulu que cette marche ne se terminât pas. Je n'éprouvais pas de tristesse, déception, indignation. Combien de fois ai-je déjà rencontré une mesquinerie, mensonge, haine... Mais jusqu'alors je n'avais jamais un si fort sentiment du vide, du non-sens.

Puis, quelques bribes de pensées, quelques morceaux de souvenirs... C'était presque inconscient. Autrefois, les gens étaient mesquins par lâcheté ou par spéculation. Ils étaient méchants quand ils pouvaient en profiter. Mais ce que j'ai découvert ce soir, c'était une mesquinerie "désintéressée". Personne n'en profiterait. Même si j'avais une sœur qui se serait suicidée, on ne me limogerait pas à cause de cela de mon poste et ne l'offrirait pas à quelqu'un d'autre. En aucun cas, ces calomnies ne pourraient me nuire. Elles étaient diffusées dans le milieu de gens que je ne connaissais pas et dont les opinions peuvent m'être indifférentes. Et ceux qui les diffusaient risquaient même d'avoir des ennuis, car il serait facile de prouver qu'ils mentaient. Pourquoi le font-ils?

Il a commencé à pleuvoir sérieusement. J'étais mouillée. L'entrée du métro était noire et dégoûtante. Je m'y suis dirigée à contrecœur. Le soir, les voyageurs sont différents. J'étais entourée de naufragés, de gens qui allaient sans savoir où... A la fin je me suis trouvée presque seule dans le wagon et j'avais un peu peur, comme si je m'attendais à être suivie par quelqu'un que je ne connaissais pas. Quand je suis descendue, la rue était vide. Je la traversais tous les jours, mais à ce moment, elle me parut inconnue, remplie d'ombres presque vivantes et d'une étrange détresse indéfinissable. J'ai été contente d'arriver enfin à la maison, d'entrer dans mon appartement, de me préparer une tasse de thé et de m'endormir.

Mais j'avais des rêves bizarres où des échos de lectures se combinaient avec des souvenirs de quelque chose que j'avais vécu peut-être et que j'avais oublié — ou que je n'avais pas vécu. Je me frayais le chemin à travers des méduses — était-ce dans une région sous-marine ou quelque part dans un monde où la vie allait s'arrêter devant le néant? Des méduses s'approchaient et s'éloignaient, elles me touchaient — et ne me touchaient pas, j'étouffais et j'avais froid... Et puis j'étais sur une île, des plantes énormes m'encerclaient, elles rappelaient des araignées, je ne savais comment en sortir, quelque chose se préparait, quelque chose me guettait, mais je ne pouvais pas imaginer ce que cela pourrait être, je suis restée immobile...

A la fin, tout s'est effacé. Je me suis réveillée dans une journée normale, j'ai répondu à une lettre, j'ai donné quelques coups de téléphone, je suis allée à la bibliothèque. Je ne pensais plus à la rencontre de la veille. Les jours suivants, je l'ai presque oubliée. Mais quelque chose m'est resté. C'était inconscient, insaisissable.

Qu'est-ce que la culpabilité? A côté des actes infâmes comme assassinat, calomnie, vol, qu'on peut définir et punir, il y a toute une gamme d'incertitudes où la frontière entre ce qu'on *doit* et ce qu'on *peut* devient floue. Ai-je fait toujours ce que j'ai dû faire? Je ne sais pas; je suis même convaincue d'avoir souvent omis quelque chose d'important, de m'être trompée, d'avoir été injuste... Mais je n'arrive pas à saisir nettement tout ce que j'aurais dû, ce que je n'aurais pas dû....

Dans un de ses romans Richard Weiner dit qu' "être accusé signifie déjà être coupable dans un certain sens". J'ai souvent pensé à cette phrase. Je l'aimais et je m'opposais à elle. En la prononçant à l'adresse d'un personnage innocent, le commissaire a découvert quelque chose d'innommable, un vide, l'endroit où l'on ne communique pas. Si c'était vrai, l'homme cesserait d'avoir son visage, ou du moins il commencerait à en douter. Et si ce visage n'existe pas? Tout serait alors possible.

Mais je n'y crois pas.

Le temps qui est et qui n'est pas

Je me trouve parfois dans plusieurs sortes du temps. Elles se succèdent, mais peuvent aussi se superposer ou s'entrelacer. Je m'arrange d'elles comme je peux. J'essaie de les comprendre ou, du moins, de les accepter sans trop de dégâts. Parfois c'est un peu difficile. Habituellement j'y arrive, mais c'est toujours comme si je montais un escalier peu stable. Je reste immobile, je continue...

J'ai mon temps des activités ponctuelles, de mes épreuves à corriger, articles à écrire, sujets à proposer pour la prochaine session d'examens, le temps d'une déclaration des impôts à remplir, d'une démarche à faire à la préfecture... Une partie de ce temps passe trop vite et m'effraie ou m'inquiète. Je ne réussirai jamais à faire dans les délais prévus tout ce que je dois faire. Je suis désemparée, je me précipite à la bibliothèque, je cherche dans mes documents des dates et des citations exactes que j'ai toujours peur d'estropier, je feuillette des livres pour trouver des textes appropriés, j'essaie de vérifier encore... mais quelque chose grince. Le temps me manque, je voudrais l'arrêter, il me manquera toujours. (Mais je fais ces efforts probablement plutôt pour me convaincre de l'utilité urgente de mon travail que par nécessité, car je sais que — par un miracle que je n'ai jamais élucidé — tout ce qui doit être fait le sera à temps, ou que les retards seront sans importance.) Mais ce temps n'est pas très intéressant et je l'oublie sans regret.

Le plus souvent je suis envahie par un temps de gestes habituels, temps monotone, rassurant et effacé. Il est si anonyme qu'il n'existe pas et c'est seulement par moments que je me rends compte de sa présence. Je me lève, je fais tout ce que je fais tous les jours — et d'un seul coup je reste interdite. Ai-je vraiment fait tout? Ai-je avalé un comprimé que je dois prendre avant le petit déjeuner? J'examine le verre déposé à côté de la cafetière. Y a-t-il des traces d'eau? Impossible d'en être sûre. Je ne sais d'ailleurs pas très bien pourquoi je prends ces comprimés que mon médecin me prescrit depuis des années. Si je les oubliais, je ne m'en apercevrais probablement pas. Mais cela me perturbe. Ce temps indistinct introduit une sorte d'irresponsabilité, d'incertitude.

Je ferme si automatiquement le gaz que je ne sais plus si je l'ai vraiment fermé. Parfois je reviens du palier pour le vérifier. Tout est en ordre, j'ai honte de mon inquiétude qui me rappelle ma mère. Elle se comportait toujours ainsi et je me moquais d'elle. Est-ce que je commence à lui ressembler?

Je connais aussi le temps vide. Je regarde vers le ciel; il s'est métamorphosé en désert de sable — je ne me souviens de rien. Ai-je existé? Et puis ce temps se change en une toile d'araignée, il se colle sur mon visage, sur mes mains, sur mes livres, sur les meubles dans mon bureau, sur des arbres devant la fenêtre... Je suis noyée dans ce temps qui ne contient rien et qui m'étouffe; tout devient futile, grisâtre. Je suis seule, seule, rien n'est important, rien ne se passe. Je me dis: si je suis seule, c'est comme si je n'étais pas. Si je disparaissais, personne ne s'en apercevrait. Ça ne fait pas de mal, c'est même rassurant... Pourtant j'éprouve une étrange nostalgie. Voudrais-je vraiment que quelqu'un regrette un jour ma disparition? Certainement pas. De plus, je sais que ce raisonnement est faux, je me répète qu'il est faux, je me le répète encore une fois. On n'existe pas seulement pour les autres, par les autres... On n'existe pas moins si l'on est seul. Certainement pas, mais pourtant... Ça dépend...

Il faut sortir de ce temps. J'essaie de m'appuyer sur quelque chose, de trouver un but, une raison. J'invente ce que je pourrais faire, mais tout devient immédiatement futile. Je pourrais appeler un collègue pour lui demander... Mais je n'ai rien à lui demander... D'ailleurs pourquoi parler avec lui? Je n'ai rien à lui dire. Je cherche dans ma bibliothèque quelque chose à lire, mais je ne trouve aucun livre qui m'intéresse. Je devrais écrire une lettre à un collègue qui m'a demandé une information; je n'ai pas envie de le faire. Pour répondre à sa lettre, je serais obligée d'effectuer quelques vérifications dans mes documents qui me paraissent ennuyeux.

Je sors de la maison et je me promène dans les rues. Je marche et je marche pour être si fatiguée qu'il ne sera plus nécessaire de penser. Je passe par des rues sans regarder. Je ne sais pas très bien par où je vais et je ne veux pas le savoir. Puis, peu à peu, très lentement, je commence à distinguer ce qui se trouve devant moi, à côté de moi. Quelques feuilles mortes qui voltigent autour du trottoir, une fenêtre qui s'ouvre de l'autre côté de la rue, quelques géraniums dans une autre fenêtre, une petite fille qui suce une sucette trop grande pour sa bouche, un pigeon qui s'empare d'un morceau de baguette sur le banc... Le temps vide se remplit peu à peu, il fait moins froid, je me rends compte que je me trouve dans un quartier où j'aimais autrefois acheter des côtes d'agneau et des fruits pour mes invités. Je ne me sens plus aussi seule. Mais il y reste encore un malaise, quelque chose comme une faute que j'ai commise, mais dont je ne me souviens plus clairement.

Mais quelquefois, je rencontre encore un autre temps. En réalité, je suis plongée dans un temps double. Je suis entourée d'un temps concret, temps qu'on peut mesurer et qui passe, qui est indiqué sur ma montre et que je peux deviner d'après les ombres qui s'allongent sur le sentier devant ma maison. Je sais ce que je faisais il y a une demi-heure et ce que je ferai dans vingt minutes. Je suis assise au balcon, la mer violette, luisante s'étend devant moi. Et au même moment, je suis ailleurs, dans un autre temps, temps où j'étais et où je n'étais pas, temps multiple et disponible, temps illimité, qui m'envahit sans m'avertir, mais qui est peut-être toujours avec moi, sans que j'en sois consciente. D'un seul coup, j'en revis des morceaux. Pourquoi certains d'entre eux arrivent-ils précisément aujourd'hui? Ils disparaîtront, reviendront, d'autres émergeront, et puis d'autres encore, je ne les appellerai pas — ou je les appellerai inconsciemment. Je les attendrai.

Cet autre temps englobe tout. C'est un temps-miroir qui n'est pas à côté de moi comme une succession de gestes et d'actions, de rencontres, de paroles et d'endroits vides. Il est à l'intérieur, s'identifie avec ce qui est partout. Ce qui a été, ce qui est, s'étale devant moi; les divers moments se superposent, sans me faire du mal. Ce qui a été autrefois gênant s'adoucit, l'inquiétude s'efface. Tout a déjà été, tout a valu la peine... J'ai l'impressiçon de vivre tout ce qui a été vécu. Partout. Par n'importe qui. Par des gens que je ne connais pas, que je connais... Mais ce sont des moments privilégiés et il ne faut pas les scruter de trop près, ils pourraient s'évanouir.

Je pense sans penser et je ne fais rien. J'aurais dû avoir des remords, car on doit toujours faire quelque chose, mais je ne les ai pas, ou du moins à ce moment, je n'en suis pas consciente. Je regarde... La mer se balance lentement, quelques crètes d'écume apparaissent et disparaissent, un papillon s'est posé sur une branche de chèvrefeuille, ses ailes frémissent un peu, et puis l'air se remplit de silence, de lumière... Je suis seule, mais en même temps je ne le suis pas, je me trouve en face d'un tourbillon d'images, de souvenirs presque indistincts, effacés, de réminiscences vagues, confuses, en face de quelque chose d'émouvant, de précieux...

C'est comme si je me regardais dans un miroir invisible, ou plutôt dans plusieurs miroirs mouvants. Mais ces miroirs ne m'effraient pas comme ceux dans des vestiaires ou dans des salles de bains, ils ne m'obligent pas à me mettre du rouge aux lèvres ou à arranger mon foulard. Ou peut-être le font-ils, mais différemment. Ce n'est pas avec une satisfaction que je m'y regarde, mais avec un sentiment d'accepter, et même d'accepter avec joie... Mais qu'est-ce que j'accepte au juste?

Puis, une image se solidifie, acquiert des contours précis, brille... Je me trouve à la fois là où je suis — et là où j'ai été, peut-être... Et d'autres images surgissent. Des images? Des souvenirs? Des échos de lectures? De voyages? Ou y a-t-il encore une autre chose?

Je reste immobile, je regarde le ciel qui devient doré, nacré, et en même temps c'est comme si je me promenais à Florence. Pas dans la ville que j'avais visitée il y a quelques années avec une amie. J'éprouve l'éblouissement et l'angoisse de ce qui y a été autrefois — des palais, des couvents, des gens qui y erraient, des pénitents, de ce que j'avais lu, de ce dont j'avais entendu parler (mais où et par qui?). Ce qui a été, ce que je devine comme un passé lointain, se superpose à ce j'ai vécu réellement (mais l'ai-je vraiment vécu?). Tout se mélange, en restant distinct. La ville où rêvait Laurent de Médicis s'amalgame avec la ville où j'ai été fatiguée et ravie, où j'ai passé avec mon amie une soirée dans une trattoria ornée de dizaines d'ampoules colorées, en mangeant des spaghetti et en buvant un verre de chianti. Les ampoules se balancent dans une brise tiède, une musique presque imperceptible monte vers des toits au-dessus desquels est accrochée une lune énorme, blanche, luisante.

D'autres images encore entrent dans mes yeux; elles n'effacent pas celle de Florence, tout reste présent, simultané, les images-souvenirs, images inventées, réelles et irréelles, s'entassent, se croisent, s'éteignent lentement, reviennent. La couleur ocre de Florence me fait penser à Venise, à Rome. Mais j'éprouve en même temps une nostalgie agréable, presque oubliée, d'un ruisseau près de ma ville natale, de la verdure humide, de quelques myosotis... Et je me souviens d'une auberge à Arles. Je suis assise à la table où s'asseyait autrefois (peut-être) Van Gogh avec Gauguin. Y suis-je à côté d'eux? Y suis-je à un autre moment?

Il faut que je revienne dans mon temps “normal”. J'hésite encore. C'était trop beau, mais je ne peux pas rester ainsi longtemps...

Quelqu'un sonne à ma porte. Peut-être un enfant qui s'est trompé. Ou une voisine qui veut que je signe une pétition... Mais personne ne se trouve dans le couloir. C'était une erreur.

Puis, je me chausse et je sors de la maison. Les ombres s'allongent, mais le self-service sera encore ouvert. Je m'achèterai du pain et des fruits. Et une bouteille de vin. Je rencontrerai peut-être la dame qui habite à côté de chez moi et que j'aime bien. Nous échangerons quelques mots sur les dernières élections municipales et sur le nouveau magasin ouvert dans le village...

Un débat théorique

"Le roman est-il encore possible?" — La question me semble vaine. Tout est toujours possible, mais on ne sait pas comment... Pourtant le sujet intéresse le public. L'atmosphère est houleuse, plusieurs personnes parlent à la fois. S'y intéresse-t-on réellement?

La salle mal aérée s'est remplie de fumée, l'éclairage est tenu, les yeux me piquent, je voudrais m'en aller, mais j'habite loin, un collègue m'a promis de me reconduire chez moi en voiture et ce collègue a précisément commencé à exposer longuement et savamment... J'essaie de regarder par la fenêtre, de penser à une autre chose, mais les paroles arrivent à moi; elles me dérangent. En même temps, j'ai une mauvaise conscience. Il faut suivre la discussion. J'aime bien le collègue qui parle, il s'attendra à ce que je lui dise quelque chose quand nous serons ensemble dans sa voiture, je ne voudrais pas le décevoir. Je m'efforce donc de l'écouter, de comprendre ce qu'il cherche à démontrer, mais ses mots m'échappent toujours, ou plutôt ce ne sont que des mots...Y a-t-il quelque chose derrière? Et quoi?

Je devrais être contente. Combien de fois les colloques (contrairement au sens étymologique du mot) sont des monologues juxtaposés... A présent, on discute réellement, ou du moins on peut avoir cette impression. Certes, par moments, il y a des fissures; les participants veulent plutôt parler que dire quelque chose, ils échangent plus ardemment des citations de citations que leurs propres idées, mais c'est souvent ainsi. Je suis injuste; je souffre du rhume des foins et je suis fatiguée. Le sujet est passionnant.

Peu à peu, je suis entraînée dans le jeu. D'ailleurs, rien à faire... Je ne peux pas quitter la salle. Je m'attache donc à ce qu'on cherche à expliquer. Je n'ai pas envie d'intervenir dans la discussion — je me trouve loin de tout cela — et en même temps je commence à m'y intéresser. J'essaie de saisir le plus exactement le sens de ce qu'on dit — et de comprendre pourquoi on le dit.

Certes, le collègue qui répète avec véhémence que le roman réaliste du XIXe siècle est fini a parfaitement raison.

On ne peut plus raconter comme Balzac, Dickens ou Flaubert. Eux non plus ne pouvaient écrire comme Rabelais ou Boccace. Pourquoi déclarer avec tant d'ardeur ce qui est évident? Mais s'agit-il seulement de la manière d'écrire? Il faut avoir quelque chose à dire. Eux, ils l'avaient. (Mais eux-mêmes et leurs contemporains le savaient-ils? Ou l'a-t-on découvert seulement plus tard?) Qu'est-ce qui reste à découvrir (à mieux comprendre) aujourd'hui? Savons-nous ce que nous avons à dire, nous? Peut-on jamais le savoir? Mais c'est là le problème.

Il n'est d'ailleurs pas tout à fait vrai que "le roman réaliste est fini". L'art est une partie — ou une manifestation, un mode — d'existence. Il est ce que nous sommes (sans le savoir parfois). Il est donc soumis, comme nous, à la polyvalence, constamment changeante, du temps: de celui qui passe et de celui qui reste. Tout ce qui a été nous est contemporain, mais chaque fois, pour chacun d'entre nous, d'une façon différente.

J'ai quelquefois l'impression que la littérature de nos jours se présente soit comme une construction savante, presque ésotérique (destinée à des spécialistes?) — soit comme une marchandise bon marché (souvent à sensation) que les gens lisent, en ayant honte de la lire — et qu'ils oublient le lendemain. Il ne s'agit d'ailleurs pas en premier lieu de livres destinés à être lus, mais de scénarios de films qui envahissent la télévision. Certes, il y a aussi des romans de gare qu'on jette après les avoir parcourus, en sautant des pages. C'est du moins ce que je pense, car je vois dans des kiosques des couvertures agressives représentant des femmes violées et des bandits s'attaquant aux trains. Il y a bien des gens pour les acheter, mais j'ignore qui ils sont. Je n'ai jamais lu un tel livre. En revanche j'ouvre quelquefois la télévision où l'on projette un film de ce genre. Avant de la fermer, je suis un moment déconcertée. C'est affreusement artificiel. Est-ce que quelqu'un peut s'intéresser à de tels spectacles? A des conférences consacrées à la théorie littéraire, on parle habituellement de ces œuvres beaucoup moins. Ou plutôt on n'en parle pas, comme c'est le cas aujourd'hui.

Il y a évidemment beaucoup de degrés intermédiaires, et de temps en temps je trouve même un livre esthétiquement novateur et intellectuellement ou émotionnellement passionnant. Ce fut toujours ainsi. Pendant un certain temps un tel livre échappe aux définitions, puis, dix ou vingt ans plus tard, on le "découvre" officiellement... Il entre dans des histoires littéraires, on le cite sans le lire, parfois on le redécouvre, on le lit de nouveau.

La littérature comme objet d'étude? C'est mon métier, je ne pourrais le nier. Mais quelque chose me manque. Je peux analyser des procédés formels utilisés dans des romans et récits de diverses époques et de divers pays, décrire des attitudes définissables que leurs auteurs ont adoptées devant les modèles littéraires, leur programme ou leur intention esthétique ou autre... Mais la vraie valeur de l'art est ailleurs. J'ai besoin de certaines œuvres, elles restent à l'arrière-plan de ce que je pense, de ce que je suis. De quelles œuvres s'agit-il? Je ne saurais le dire.

Peut-être toutes les œuvres d'art (celles qui avaient quelque chose à dire à n'importe quelle époque, en dépassant par là le temps), même des œuvres oubliées, continuent-elles à se cacher dans les ombres des rues, dans une brise qui caresse des feuilles mortes, n'importe où... Tout ce qui est est double... ou triple... Ce que je vois, ce dont je me souviens, ce que j'ai lu — ou regardé dans une galerie, écouté à un concert... Qu'importe la date où ça a été créé. Les frontières s'effacent...

Mais qu'est-ce qu'une œuvre d'art? On n'a jamais réussi à le dire. Je sais seulement que j'en ai besoin. (Mais de quelles œuvres? Pas toujours des mêmes. Pourquoi?) On parle de problèmes secondaires, mais à côté de cela, il y a un sens à ce qu'on écrit ou peint, à ce qu'on est. Ce sens se cache même derrière le chaos des œuvres qu'on est en train de créer aujourd'hui. Les discussions sur la forme, sur le point de vue du narrateur, sur des procédés verbaux ou sur l'anti-mimésis accompagnent le désir de mieux comprendre ce pour quoi nous n'avons pas de nom.

Je me garde bien d'intervenir dans la discussion. Je n'ai nullement envie de me présenter comme une traditionaliste incapable de comprendre l'art contemporain. Il ne suffit pas d'avoir raison (ou plutôt d'être convaincu de l'avoir), il faut encore que quelqu'un d'autre accepte cette raison et soit capable de le dire à haute voix. L'ambiance dans la salle n'est pas du tout propice aux réflexions qui me viennent à l'esprit. Je ne suis d'ailleurs que rarement tentée de participer à des discussions théoriques dans des salles où les gens regardent leurs montres, voudraient s'en aller car ils ont autre chose à faire à la maison, le souci du dernier autobus... Je le fais quelquefois si personne d'autre ne lève la main, car il est désobligeant de ne pas dire un mot après une conférence soigneusement préparée, parfois pendant des semaines. Mais ici, ce n'est pas le cas. La discussion est enflammée et c'est moi qui regarde ma montre. Mon collègue a terminé son intervention et un autre orateur lui succède. Il dit presque la même chose, mais il essaie de présenter son propos comme une opinion différente, sinon opposée. Mais opposée sans agressivité, car il ne veut pas déplaire à son prédécesseur qui est plus connu que lui. Il souhaite seulement montrer qu'à l'avenir, il faut compter avec lui. Je soupire. Ça peut durer jusqu'à minuit. L'espace devant la fenêtre s'est assombri, il n'y a rien à quoi s'accrocher. Pendant quelques instants, je ne pense à rien, mais ce n'est pas commode. (Je me rends compte que ma chaise est dure et que son dossier est peu fiable.) J'essaie de nouveau de suivre la discussion.

Peu à peu, je commence à m'amuser. Je n'ai rien à faire, j'invente donc des mots et les arguments d'un article que je n'ai pas envie d'écrire. Un article sur le roman de nos jours, sur l'art narratif et ses écueils. Par moments, je me dis qu'il ne serait même pas tout à fait absurde de le faire. Je l'ornerais de quelques citations appropriées (on trouve toujours des citations appropriées), j'utiliserais quelques termes littéraires à la mode et on le publierait dans une revue respectable que peu de gens lisent et qui n'exerce pas une grande influence sur la pensée d'aujourd'hui. (Mais serais-je capable de dire ce que je considère comme “la pensée” — ou “les pensées d'aujourd'hui”? C'est précisément là où consiste le problème.) Toutefois je ne le ferai pas, car à quoi bon? On ne peux pas convaincre les gens qui sont persuadés à l'avance d'avoir raison — ou qui sont, peut-être, intérieurement trop incertains pour pouvoir accepter un débat “sans citations”, un débat où ils seraient “nus”. Et échanger une fois de plus des citations contre des citations? A quoi cela servirait-il?

Je me sens de nouveau fatiguée. Mon rhume des foins s'épanouit — et j'ai oublié mes comprimés à la maison. La plupart des participants écoutent les orateurs attentivement, presque pieusement, mais il y a déjà quelques brêches. Une dame de l'autre côté de la salle a commencé à bailler, un étudiant assis devant moi a cessé de prendre des notes. Je me suis aperçue que le deuxième orateur a terminé son discours et a été remplacé par une jeune fille (la jeunesse dans les colloque est habituellement relative) qui fait beaucoup de gestes et utilise, à mon goût, trop souvent, les verbes à la première personne du singulier. Son ton autoritaire m'irrite. J'essaie de penser à quelque chose d'agréable — un village escarpé, quelques lauriers roses... Pendant quelques minutes, je réussis à être ailleurs. Quand je lève la tête (ai-je sommeillé? quelqu'un s'en est-il aperçu?), la jeune femme est remplacée par un orateur très savant qui prouve avec beaucoup d'arguments quelles ont été les dates exactes de la première publication de deux romans existentialistes (apparemment, il y avait des doutes là-dessus, autrement je ne comprends pas pourquoi y insister). Puis un autre cite encore quelques commentaires qui ont été consacrés à ces deux romans par des critiques dont on ne se souvient guère aujourd'hui. Pas de matière à discuter... Plusieurs personnes baillent. L'orateur érudit a terminé son discours. Le président de séance demande et redemande qui veut prendre la parole. Heureusement, personne ne lève la main. J'entends un petit bruit de chaises... Le président remercie tous les participants et la séance est levée.

Dans le vestiaire, je rencontre le collègue qui a promis de me raccompagner à la maison. Il ne l'a pas oublié. Je suis contente de ne pas être obligée de le lui rappeler. Il rayonne. Nous montons dans sa voiture et la soirée reste derrière nous. Il me reproche un peu de ne pas avoir participé à la discussion, mais il y avait tant de gens qui désiraient parler. Et puis, avec mon rhume des foins, je suis vraiment trop fatiguée. Nous reprendrons cette discussion plus tard...

Je me délecte de me retrouver à la maison. J'avale trois *polaramines* et je me prépare un très bon thé. Je constate avec plaisir qu'il est à peine dix heures. Sous l'effet des médicaments, mon rhume des foins s'estompe. Les yeux ne me piquent plus. Je suis contente d'avoir assisté à cette séance.

A ce moment, le problème me paraît clair, ou presque (il s'embrouillera de nouveau demain et après-demain). L'art est l'existence, un mode d'existence. Vivre sans l'art serait vivre incomplètement, je ne peux pas l'imaginer. Mais je ne veux pas généraliser, les gens sont différents, il faudrait le dire autrement... D'ailleurs nous n'avons pas la définition de ce qu'est "l'art". Il ne signifie pas la même chose pour tout le monde, on peut probablement connaître un éblouissement esthétique (est-ce par là qu'on s'approche de l'art?) sous des formes différentes.

Pour moi, c'est l'espace où j'éprouve une existence double, où je suis à la fois ici et ailleurs, je deviens moi-même et encore une autre, je vois ce que je vois, je sens une étrange satisfaction de le voir, accepter, comprendre... et je suis consciente qu'il y a encore une autre chose... Ou est-ce la même chose, mais vue autrement? Ce sentiment n'est pas provoqué seulement et nécessairement par des œuvres écrites, peintes ou composées. Par l'intermédiaire de romans et de tableaux, je regarde les arbres et j'écoute le vent.

Cependant il y a encore un autre problème. L'art est un mode d'existence, certes. Mais est-ce que j'existe réellement pendant tout le temps où je respire, où je marche, parle?... Il y a des espaces morts, des endroits vides, il y a des moments souterrains qui sont et qui ne sont pas...

Avec l'art, c'est pareil. Tout ce qui se publie sous l'étiquette de roman, tout ce qui est exposé dans des galeries de peinture ou joué aux concerts, n'est peut-être pas l'art ou ne l'est pas de la même façon pour tout le monde (ne l'est pas toujours?). C'est précisément l'incertitude qu'il faut accepter. Il faut s'interroger. A ce moment, j'essaie de le faire par rapport à la prose contemporaine. Derrière l'immobilisme apparent des expériences formelles, il y a peut-être une nouvelle quête, ardente, invisible, inavouée... Suis-je capable de la percevoir? Je me souviens de quelques passages que j'ai lus récemment, de quelques mots... J'hésite... peut-être, il faut y revenir demain...

Il y a des choses qui me choquent, ou plutôt qui me sont étrangères. Est-ce ma faute? Je n'aime pas la devise *anything goes* et son reflet dans la littérature. Est-ce pour des raisons esthétiques? Ou pour des raisons éthiques? Parfois, je n'arrive pas à les séparer. Pourtant je ne pense pas que l'art doit être "moral" d'après des conceptions préétablies (n'importe quelles conceptions préétablies). Mais il doit être ... (Je ne saurais en dire plus ...) Dans un monde où "tout serait permis", on ne pourrait pas vivre, l'art serait impossible. Pourtant ce n'est pas le cas. Il faut que je relise quelques textes publiés récemment qui m'ont laissée indifférente, que j'aille à une exposition de peinture moderne dont le vernissage a eu lieu la semaine dernière au Centre Pompidou.

Il convient de distinguer le sens et la signification (dans un article savant, je parlerais des approches connotative et dénotative). Il ne s'agit pas seulement de ce qu'on dit et par quels moyens. Il y a des choses plus importantes; elles échappent à notre terminologie, il faut les chercher et rechercher...

Toutefois parler du sens de l'art est problématique. Le sens de l'art est en lui-même, il ne me vient pas à l'esprit d'en douter. Mais c'est comme avec le sens de notre existence qui est, lui aussi, en lui-même — si l'on croit en général que notre existence a un sens. L'on ne peut le prouver objectivement, on ne peut non plus le nier. Ceci relève de la conviction intime, je me garde bien de la professer. On devrait communiquer autrement. Mais comment? D'ailleurs qu'est-ce que c'est le sens de l'art, de l'existence? Je le perçois (ou plutôt je l'éprouve intimement) sans être capable de le définir. Ce n'est pas un cercle fermé, c'est une ouverture. L'existence entre deux bords, à l'approche du feu, près de l'abîme...

Le monde (l'univers) ne se limite certes pas à ce que nous percevons ou comprenons. (Personne n'est assez naïf pour y croire, cette réflexion est inutile.) Mais ce qui existe "pour nous" (ce par quoi nous existons) change, flotte, se développe, recule peut-être, revient. Nous ne savons pas tout ce que nos ancêtres savaient. Les gens "civilisés" ne comprennent pas tout ce qui est clair (et ce qui existe réellement) pour l'homme sauvage. Nous savons autrement, tout est devant nous...

Je m'embrouille de nouveau dans des réflexions abstraites. Ce n'est pas ça. Il faudrait... Je n'arrive pas à formuler ce qu'il faudrait...

En vacances

Je n'ai jamais lu tant de livres dont je n'avais pas besoin que pendant ce séjour à la mer dont les plages commencent dèjà à se peupler trop et deviennent par moments bruyantes. Mais on peut encore éviter ces moments. D'ailleurs je partirai dans deux ou trois jours.

Je me régale à faire des choses inutiles. Parfois je ne fais rien. Je reste assise au balcon, je regarde, puis je ferme les yeux, je rêve de quelque chose d'imprécis et j'éprouve une béatitude qui m'étonne. Le temps passe lentement et agréablement. Des scènes et des personnages des romans que je suis en train de lire se confondent. Ehrengard d'un récit d'Isaak Dinesen (de Mme Blixen qui m'attire à présent) apparaît à côté d'Ada de Nabokov. Mais je suis dégoûtée de l'intérêt de la jeune fille russo-américaine pour des chenilles. Je n'aime pas les insectes mous qui rampent, je ne voudrais pas les toucher. Je vais me laver les mains.

Je me prépare une tasse de thé, je mange un petit biscuit, je regarde vers le ciel et j'attends le soir. Que lirai-je dans mon lit? Un Lagerkvist? Ou un Singer? Et dans quelle langue? Parfois, je ne me rends pas compte de la langue dans laquelle l'ouvrage est écrit ou traduit et je n'en suis même pas scandalisée. Je suis très loin de mes activités professionnelles, de ce que je faisais le mois dernier et ce que je ferai dans quelques semaines; je me permets des idées incongrues. Pourquoi a-t-on versé tant d'encre pour définir le "réalisme" dans la littérature? On ne pourrait jamais y parvenir. On ne sait pas ce qui est "réel" (et comment et pour qui) et ce qui ne l'est pas. Hier, la belle Ehrengard, d'un pays scandinave inventé, a été pour moi plus tangible que l'enfant de mes voisins qui jouait au footbal avec quelques gamins devant mes fenêtres. Et pourtant ils criaient, ils me dérangeaient sans que je veuille l'admettre, leur ballon est tombé sur mon balcon, le garçon à sonné à ma porte, il s'est presque excusé... Mais j'oublierai tout cela demain, tandis que certains personnages qui n'ont jamais existé et certaines scènes qui n'ont jamais eu lieu resteront avec moi.

Je n'ai donné mon adresse qu'à deux amis; les gens

qui pourraient me compliquer la vie ne savent pas où me trouver (qui d'ailleurs pourrait encore me compliquer la vie?) — je suis à l'abri de toutes les tracasseries administratives et autres. Certes, trois ou quatre lettres qu'on va envoyer à mon domicile, se perdront et j'aurai quelques démarches à faire après mon retour à la maison. Ma belle-sœur qui voudrait me contacter pour régler des affaires qui ne m'intéressent pas sera furieuse. Mais ces choses-là s'arrangent habituellement sans trop de dégâts. J'ai déjà assez d'expérience — en tout cas, c'est encore loin. A présent, je suis ailleurs.

Il est insolite d'avoir tant de temps libre, de pouvoir seulement regarder, attendre et ne pas attendre ce qui va arriver, l'accepter, se laisser bercer... Ça donne presque un vertige, mais jusqu'à présent, ce vertige me plaît. Ce n'est pas un vide. Plutôt une ouverture. Vers quoi?

J'éprouve un plaisir que je ne cherche pas à définir. Plaisir d'être ce que je suis, où je suis. Et d'avoir tout devant moi, d'avoir toujours tout devant moi. Ce sentiment n'est lié à aucun événement concret et c'est là sa beauté. Il ne me fait pas oublier que je suis seule, que je serai demain et après-demain exposée de nouveau, comme tout le monde, à des mesquineries. Mais ce qui vient de l'extérieur a peu d'importance. Je me défendrai. La vraie existence est ailleurs. Elle est difficile à saisir et cela crée son charme. J'ai l'impression de découvrir un morceau de lumière, je suis inondée d'une joie sans raison. C'est la joie de voir voltiger un pétale de laurier rose devant ma fenêtre, de pouvoir me souvenir de quelques vers de Mallarmé qui n'ont rien à voir avec ce que je regarde. Ou peut-être ne comprends-je pas seulement les rapports entre ce qui est devant moi et ce dont je me souviens. N'importe... C'est beau d'accepter....

Je ne découvre pas pour la première fois un tel moment de plaisir et je sais qu'il ne va pas durer. Rien ne doit durer, c'est seulement ainsi que certaines choses peuvent rester à jamais. Est-ce que je les choisis? Est-ce un cadeau? Mérité? Gratuit?

Je ne voudrais pas vivre toujours dans cette luminosité soyeuse, presque immobile. Il faut aller, toujours aller quelque part... Mais il est bien de s'arrêter aussi pour un instant, pas pour longtemps. Est-ce à ces moments que j'essaie de capter ce qui existe réellement?

La joie est-elle donnée? Faut-il l'apprendre? Je pense qu'on peut l'apprendre, qu'il est même nécessaire de l'apprendre, mais je ne sais comment. Ça me semble difficile et je ne suis pas sûre d'y parvenir vraiment. La joie, c'est s'arrêter devant... devant n'importe quoi. Et se dire...

Parfois, je me fais des cadeaux. Quand quelqu'un m'a blessée, quand quelque chose n'a pas marché, quand ce que j'aimais s'est cassé, quand j'ai été malade et guérie... Mais je me les fais aussi sans aucune raison. Quelquefois seulement pour me souvenir de quelque chose de beau. Du départ des hirondelles qui, avant de s'envoler, s'accrochent sur le mur ocre-rosâtre de la maison à gauche de mon balcon. Ou pour me rappeler une branche de mimosas qui se balance devant ma fenêtre. Deux moineaux voltigent autour d'elle et disparaissent...

Demain j'irai au village et je m'achèterai un cadeau. Pour fêter? Quoi? C'est sans importance... Ce sera probablement un petit plat de céramique de Moustier ou une coupe en bois d'olivier. Je m'imagine déjà comment je le choisirai. J'hésiterai assez longtemps devant plusieurs modèles qui, tous, seront presque les mêmes et j'aurai des remords d'occuper inutilement une vendeuse qui ne cessera pas d'être polie. Je me réjouis à l'avance. Je ne me fais pas d'illusions sur l'utilité de l'objet que la vendeuse m'emballera à la fin dans un papier de soie, avec un ruban doré. Je n'en ai pas besoin, je ne sais même pas où je le mettrai; mon appartement commence à être encombré de vases, d'assiettes peintes à la main et de bibelots que je m'offre "pour me faire plaisir". Mais je me délecte à les regarder, je m'y attache, c'est beau ainsi...

Et puis, je ferai mes valises (toujours plus petites quand je pars de Paris et plus encombrantes quand j'y reviens), je téléphonerai au chauffeur de taxi (et je serai inquiète en pensant qu'il pourrait ne pas arriver à temps, que je pourrais rater mon train, que ..., c'est une pensée absolument stupide). Je l'attendrai devant la maison... Et je partirai. Sans regret, avec un peu de nostalgie, avec une tristesse agréable. Je regarderai encore par la fenêtre du train pour retenir le moment qui passe, peut-être pas tout à fait retenir... Je reviendrai. Les départs, c'est quelque chose d'inachevé. Je reste un peu là où j'avais été. C'est en partant que je m'en rends compte...

Après des années

"Tant que je vivrai il vivra..." Je me le répète, je ferme les yeux, j'ai envie de pleurer, je pleure peut-être. Est-ce pour me consoler? Ou cette phrase a-t-elle un autre sens que je connais sans le connaître? Le froid m'envahit, il me semble que je ne pourrais pas lever la main, prononcer un mot. Je ne le tente même pas. Je reste assise et je ne pense pas.

J'ai appris par hasard qu'il était mort. C'était annoncé dans un journal datant de quelques semaines qui traînait sur mon bureau. Je ne lis pas régulièrement tout ce qui m'arrive. C'est seulement quand les papiers s'entassent trop, que je les feuillette et les jette. C'est cet après-midi que je l'ai lu. Il y a quelques instants... Mais le temps cesse de compter.

Il ne m'avait pas écrit depuis assez longtemps, mais ce n'était pas inhabituel. Nous nous écrivions deux ou trois fois par an, il n'était pas nécessaire de nous écrire. Je ne me souvenais de lui que rarement. Ou peut-être pensais-je toujours à lui sans le savoir.

Nous nous connaissions depuis très longtemps. Quand et comment nous sommes-nous rencontrés pour la première fois? De quoi avons-nous parlé? Je ne veux me rappeler rien de trop concret. Je ne peux même pas. Il y a quelque chose de précieux, d'insaisissable...

Je reste immobile près de la fenêtre et les heures ne passent pas, l'aiguille sur ma montre ne bouge pas. L'air est devenu incroyablement tranquille, le silence m'enveloppe, inonde la pièce, se répand en dehors des fenêtres, il n'y a que le silence, le silence, presque tangible, et le crépuscule. Les murs se détachent des murs, chancellent, s'enfoncent dans les ombres, s'éparpillent, s'en vont. Ce n'est pas une douleur, je ne sais même pas si je suis triste. Mais il y a quelque chose d'étrange. A la fois une immobilité, une non-existence — et une présence émouvante, tourbillonnante, ardente. Jamais il ne m'a été aussi proche qu'à ce moment où il ne vit plus. Je n'essaie pas de me représenter son visage. Il me vient à l'esprit un verset de saint Paul: "/.../ce qui est visible est périssable, ce qui est invisible est éternel." La citation est inexacte, je le sais, mais je n'ai pas envie de me lever pour la vérifier.

Les années d'autrefois s'accumulent, se superposent, s'allument. Je suis assise en face de lui sur une terrasse. Le garçon nous apporte un café. Des nuages argentés se précipitent au-dessus des toits de l'autre côté de la rive, l'air est humide et brille, une petite flaque d'eau reste encore à côté de la table. L'odeur de roseaux monte de la rivière qui miroite, une barque se balance et disparaît, l'écho de quelques voix s'estompe. Un moineau voudrait s'approcher de notre table, mais il a peur, hésite et s'envole. Savais-je alors que j'étais heureuse? Ou est-ce seulement à ce moment que je le sais?

Est-ce un abîme? Une ouverture? J'ai un sentiment enivrant qu'il faut que je fasse... Je serais incapable de le définir. C'est comme une flamme.

Quels étaient mes rapports avec lui? Quels sont en général mes sentiments envers les autres? Est-ce que je les aime? Qui? Et comment? Qu'est-ce que cela signifie? Je me rends compte qu'il ne m'avait jamais blessée. Même les situations difficiles étaient supportables quand j'en ai parlé avec lui. C'est si rare...

Il ne m'a rien demandé, je ne lui ai rien promis, je n'attendais rien — ou peut-être savais-je qu'il y avait des choses trop précieuses. Des choses qu'on ne peut même pas désirer, qu'on n'attend même pas ... Nous nous rencontrions quelquefois, buvions du café, parlions de nos amis communs, de ce que nous faisions, avions l'intention de faire. J'avais plusieurs amis, collègues ou connaissances avec lesquels je passais plus souvent des après-midi dans un bistrot. Ils s'en allaient et lui, il restait. Je ne cherchais pas à le comprendre. Mais à présent, je me demande... Il était probablement toujours avec moi. Comme quelqu'un sans qui je ne serais pas moi. Est-ce sa mort qui me l'a fait découvrir? Au lieu de détresse, j'éprouve une gratitude, mais c'est une gratitude particulière, comme devant une maison qui s'écroule ou un arbre qui tombe.

Je ne travaillerai plus ce soir. D'ailleurs est-ce le soir? Ou suis-je en train de me trouver en dehors du temps, quelque part au bord de tout?

Un crépuscule indistinct, doré et soyeux, de plus en plus tangible, s'accroche devant moi. Il est doux, il me caresse; des reflets lointains des reverbères se glissent sur des meubles, quelques ombres flottent encore et se diluent dans l'air qui s'épaissit, devient solennel. C'est beau — et c'est comme un naufrage.

J'essaie de retrouver un point stable, de me rappeler un événement, n'importe quel événement qui serait en dehors de moi, qui n'aurait rien de commun avec moi, avec mon passé, avec tout ce que j'éprouve à présent, avec ce que je n'arrive pas à nommer, à comprendre. Je n'y parviens pas. Mais est-ce que je veux vraiment être ailleurs? Pourtant il faut que je fasse quelque chose, que je m'invente quelque chose ...

Je me lève, je range ma table où — comme partout chez moi — traînent des papiers dans lesquels je me perds. Sans y penser, je commence à m'affairer comme si j'attendais une visite précieuse. J'ai presque envie de mettre ma meilleure robe, mais je me ressaisis. Ce serait ridicule. Je me contente de me maquiller un peu et de mettre sur la table un napperon qui, dans un monde différent, avait jadis été brodé par ma mère. Il est vétuste et à un endroit, la broderie est un peu jaunie et commence à se défaire. Mais je l'aime. J'allume une bougie qui sent le jardin de ma grand-mère, jasmin, lilas et peut-être une autre plante encore dont j'ai oublié le nom. La mèche se tortille d'abord, puis la flamme s'installe, s'épanouit même, la bougie grésille, une larme se crée à son bord, mais cette larme se métamorphose en un ornement mince et fragile qui, après quelques hésitations, s'appuie sur le bas du bougeoir. J'apporte une coupe de cristal. J'ai une demi-bouteille de champagne que je garde toujours pour une visite imprévue. Mais mes invités sont rares et la bouteille traîne chez moi depuis longtemps. Quand je l'ouvre, un filet de fumée, mince et odorant, sort de sa gorge. Comme autrefois sur des illustrations de contes de fées. En sortait alors un génie bon ou un génie méchant? La main me tremble un peu quand je verse du champagne dans la coupe. Une goutte est tombée sur le napperon. J'attends encore comme si quelqu'un devait venir.

De petites bulles s'enfuient, le verre brille. Je bois lentement, je m'arrête. Je ne sais plus si le temps passe ou reste immobile. Je me souviens de divers poèmes où l'on parle de fêtes. Rilke, Březina... Les mots se confondent. La bougie vacille paisiblement et se reflète dans la coupe qui s'anime par moments de quelques éclats aigus. Je ne pense à rien. Diverses bribes de mots, d'images depuis longtemps effacées, de parfums desséchés, s'entassent autour de moi, s'emparent de moi, pénètrent dans mes yeux et m'enivrent, mais je n'en suis qu'à demi consciente. J'éprouve quelque chose comme un bonheur solennel, bonheur où je suis moi-même — et encore quelqu'un d'autre.

Je suis étourdie par la flamme de la bougie, par des ombres veloutées qui s'incrustent dans les meubles et se calment lentement, doucement, je suis bercée par l'odeur d'une rose rouge qui se fane dans le vase à côté, par le champagne que je continue à boire à petites gorgées sans y penser. Où suis-je?

Je revois encore quelques miettes du passé. Elles scintillent, se confondent. Tout ce qui a été devient un flux, un torrent qui m'emporte et qui me fait en même temps sentir qu'il y a quelque chose de stable. C'est comme un écran. Avais-je vécu les moments qui apparaissent maintenant devant mes yeux? Les avais-je inventés — et pourquoi? Où est la frontière?

Quelque chose de sublime, d'insaisissable se répand dans l'air. Je cherche le mot. Mais tous les mots qui me viennent à l'esprit sont pompeux et figés. C'est comme un souffle, une lumière. Quelque chose d'émouvant et fort. Je ne pense plus à mon ami, à mon amour, au passé, à la mort. Ou plutôt j'y pense autrement. La mort n'existe peut-être pas. Nous allons, allons... Des vagues, des flots fluorescents, sans cesse...

Depuis longtemps, je ne compte plus ce que je perds, ce que j'avais perdu. Presque tous les membres de ma famille sont morts, mes amis s'en vont, je vis à des endroits qui sont et qui ne sont pas les miens. Je pourrais m'en aller et personne ne s'en apercevrait. Je ne m'en irai pas, je veux rester, appartenir — mais en le disant, n'avoue-je pas déjà que cette appartenance ne va pas de soi, qu'elle ne m'a pas été donnée, mais qu'elle est seulement désirée, convoitée? Est-elle par là-même moins solide? Pourtant je ne souffre pas à l'idée de n'appartenir complètement nulle part, je ne me sens pas exclue, étrangère. J'appartiens peut-être moi aussi quelque part, mais cette appartenance est particulière, elle m'échappe par moments, je la retrouve; elle est entourée de terres brûlées, d'abîmes et d'orages — elle ressemble à une solitude pour laquelle il n'y a pas de nom. Est-ce la solitude? A certains instants, une lumière s'ouvre devant moi.

Il me vient à l'esprit une idée absurde: en perdant, on s'enrichit. Mais ce n'est pas si absurde. J'ai une conscience aiguë de la mort. L'homme que j'ai aimé, que j'aime, ne vit plus. C'est comme si j'étais morte moi-même, comme si j'avais perdu tout, jusqu'au dernier souffle. Et en même temps quelque chose s'ouvre, quelque chose m'enivre.

La bougie s'est presque consumée. Il est probablement tard. Il me semble être très fatiguée et percevoir en même temps tout avec une nouvelle acuité. Comme si je me trouvais à un endroit où tout est transparent. C'est comme si je revenais d'un long voyage.

Je suis de nouveau dans mon appartement, étranger et intime. J'entends encore des bruits de la rue qui se font rares, qui sont feutrés et disparaissent dans les ombres immobiles et effacées. Puis quelques voix surgissent et s'éteignent. Un souffle de vent dans les branches de deux marronniers qui se courbent devant ma fenêtre. De nouveau le silence, l'odeur de la pluie que je devine.

Je voudrais que le temps s'arrête.

Un rêve

Je monte un sentier très étroit et abrupt. Je voudrais m'arrêter, m'appuyer sur un palis ou un tronc; me reposer un peu, réfléchir, me souvenir de quelque chose que j'avais oublié et qui me perturbe. Mais les arbres qui apparaissent par endroits à côté sont chétifs, instables, troués d'une décrépitude et accablés d'un mal incurable. Ils sont couverts de chenilles molles et poilues qui me dégoûtent, mais je ne suis pas sûre qu'elles s'y trouvent réellement. Seule la pensée de les toucher me donne des frissons. Tout semble désert, abandonné. La balustrade manque, elle n'a peut-être jamais été construite. A gauche, je devine un abîme. Je ne le vois pas en réalité. J'ai le vertige avant d'y regarder. Je me tiens du côté droit, mais cela ne m'aide pas beaucoup. Je me colle contre le rocher glissant. Quelques ronces y grimpent, mais elles sont trop minces et peu solides pour que je puisse m'y accrocher. Elles semblent grimacer, se moquer de moi. Quand je fais un mouvement imprudent, elles me piquent. J'entends leur inaudible rire, méchant et satisfait. J'ai déjà plusieurs égratignures sur les bras, sur les jambes, sur les joues. Il y a peut-être des serpents dans des trous qui apparaissent, noirs, dans les fêlures du rocher. Une poussière blanche, fine et âpre pénètre dans mes narines. J'ai envie de tousser, mais je n'ose pas. Le moindre bruit pourrait faire écrouler la pierre qui se balance au-dessus de ma tête, ou faire tomber une des branches d'un arbre invisible, vermoulu, et me barrer la route. Je continue à monter, mais je reste peut-être sur place, immobile et paralysée. Comment le savoir? Pourtant il faut continuer, même si ça n'a aucun sens, si ça ne mène nulle part, si ce n'est qu'une illusion. Quelqu'un marche peut-être derrière moi. Me persécute-t-il? Il faudrait lui échapper... Mais pourrais-je lui échapper?

Le ciel est gris, chaud, je suis fatiguée et excitée. Est-ce un sentier? Je voudrais demander à quelqu'un, mais comment l'exprimer? Personne ne pourrait me dire où je suis, personne ne se trouve ici. Que pourrais-je d'ailleurs demander? Je n'ose pas me détourner.

Peut-être est-ce un vieil escalier dont certaines

marches manquent, dont les bords s'effritent et qui mène à une forteresse qui n'existe plus. Peut-être existe-t-elle à un autre endroit où je n'arriverai jamais. Il y a devant moi probablement une crevasse infranchissable.

Et si le monde derrière moi, celui où je me trouvais encore hier et avant-hier (mais m'y suis-je réellement trouvée?), a cessé d'exister? Je suis sur un sentier dont j'ai peur — et en même temps je suis quelque part ailleurs. Dans une ville où j'ai vécu? L'avais-je quittée? Et quand? Il me semble revoir cette ville, mais elle m'échappe, disparaît. Pourtant elle veut me rattraper. Réussira-t-elle? Ses rues se remplissent d'un liquide jaunâtre et gluant que je n'arrive pas à définir. Il me paraît tangible, il se propage, pénètre partout — et je ne peux pas le toucher, être sûre qu'il existe réellement, m'en débarrasser. Un énorme cloaque se lève derrière moi et monte et monte. Il a peut-être atteint déjà l'endroit où j'avais été quelques minutes auparavant. Mais je suis comme aveuglée, je ne le distingue pas. Je ne le sens même pas. Je veux seulement me sauver à tout prix. A tout prix?

Il serait mieux de fermer les yeux. Tout serait effacé, rien ne ferait plus de mal. Pendant un instant, cette idée me berce. Le sentier se voile d'une brume transparente.

Peu à peu, l'air devient plus doux, presque soyeux, tout autour de moi se métamorphose en un nuage nacré, phosphorescent. Je ne respire plus, je ne vois pas... C'est presque beau... Mais c'est une illusion. Je ne peux pas échapper ainsi. Ou est-ce une erreur? Je viens de quelque part, je vais quelque part... Je ne sais ni d'où — ni pourquoi. Et je ne sais non plus où j'arriverai, peut-être. Est-ce nécessaire de le savoir? Je sais seulement que c'est très difficile et j'aurai toujours peur de ne pas parvenir là où il faut. Peut-être n'y parviendrai-je jamais.

J'essaie de me souvenir de quelque chose, plutôt de quelqu'un. De qui? Les touffes d'herbes desséchées changent en ombres, en morceaux de visages qui disparaissent. Je voudrais les fixer. Il y a peut-être quelqu'un qui m'était proche. Mais c'est si loin comme si ce n'était pas vrai. Peut-être l'ai-je inventé. Pourtant j'ai besoin de lui. Je suis de plus en plus fermement convaincue qu'il a existé, qu'il existe.

Le sentier n'est plus aussi angoissant que tout à l'heure. J'ose lever la tête. Pas beaucoup, seulement de quelques centimètres. Mais c'est déjà un miracle. Une goutte de rosée se balance sur la toile d'araignée étendue entre deux tiges d'un églantier. Il y a quelques boutons qui s'ouvriront demain. Quelque chose brille devant moi. Un morceau de mica? Une traînée de colimaçon? Un papillon semble miroiter au-dessus des ronces. Un deuxième... Le ciel s'éclaircit un peu. Je n'entends aucune voix, aucun bruit. Pas de traces d'homme. Pourtant quelque chose a changé. Quelqu'un m'attend. Le connais-je? Plusieurs noms tourbillonnent devant moi, pas tout à fait des noms. Je suis presque émue, je commence à être heureuse, peut-être...

Je sais déjà que tout cela n'est qu'un rêve. Si j'ouvrais les yeux je me trouverais dans ma chambre. Un livre entrouvert est posé sur ma table de chevet, une lumière diffuse pénètre dans la pièce par des rideaux moirés et doux. Tout est tranquille et rassurant. Mais je ne veux pas encore ouvrir les yeux.

Table des matières

Achevé d'imprimer par Corlet Numérique - 14110 Condé-sur-Noireau
N° d'Imprimeur : 19342 - Dépôt légal : septembre 2004 - *Imprimé en France*